LACHEN VERBOTEN

Renate Loewenberg

Lachen verboten

Kurzgeschichten

Bibliografische Information der Deutschen Bibliothek:
Die Deutsche Bibliothek verzeichnet diese Publikation in der Deutschen
Nationalbibliografie; detaillierte bibliografische Daten sind im Internet
über http://dnb.ddb.de abrufbar.

© Renate Loewenberg, Berlin

Herstellung und Verlag: BoD – Books on Demand, Norderstedt
Layout: Chris Kurbjuhn, MyStory Verlagsservice, Berlin
Covergestaltung: Renate Loewenberg

ISBN 978-3-848202-34-8

http://www.mystory-verlag.de

Für Jule

LACHEN VERBOTEN

Der Arzt sagte: „Es wäre gut, wenn Sie in den nächsten Tagen nicht lachen, sonst könnte die Wunde aufplatzen und dann bluten." Ich versprach, mich danach zu richten, zumal kaum Gefahr bestand, dass ich lachte. Seit ich alt und alleine bin, lache ich eher selten.

Abends in den Nachrichten meldeten sie, dass Loriot gestorben war. Man erfuhr etwas über sein Leben und dann zeigten sie den Sketch mit dem sprechenden Hund. Natürlich lachte ich. Wer kann da ernst bleiben? Ich jedenfalls nicht. Und natürlich riss die Wunde, wo der Arzt einen Leberfleck entfernt hatte, auf. Sie war etwa zwei Zentimeter lang, rechts über dem Mund in der Falte, die da jeder hat. Heißt sie nicht Lachfalte?

„Wenn alles gut verheilt, wird man hinterher nichts sehen", hatte der Arzt in der Vorbesprechung gesagt. Mit dem Lachverbot war er erst nach der Operation rausgerückt.

Ich tupfte das Blut ab und klebte mir irgendwie ein Pflaster über die Wunde. Am nächsten Morgen ging ich in die Sprechstunde. Da ich nicht angemeldet war, musste ich warten. Warten ist nicht gerade das, was ich gut kann. Ich kann es eigentlich überhaupt nicht. Ich werde ungeduldig, gucke immerzu auf die Uhr und passe wie ein Schießhund auf, dass keiner, der nach mir kommt, eher als ich ins Sprechzimmer gehen darf. Infolgedessen kann ich auch nicht lesen. Zur Not löse ich ein Sudoku-Rätsel. Doch irgendwann war die Wartezeit vorbei. Der Arzt fragte, während er das Pflaster abnahm: „Haben Sie etwa gelacht? Ich habe doch gesagt, Sie sollen nicht lachen."

Ich sagte: „Loriot ist gestorben."

„Und das ist so komisch?" Er zog die fünf Worte unnatürlich in die Länge und schaute mich skeptisch an.

„Vielleicht ist es besser, wenn Sie lesen, statt fernzusehen", riet er mir dann noch.

Abends befolgte ich seinen Rat und griff zu dem Buch, das ich vor ein paar Tagen gekauft hatte. Es hieß „Der Phantomschmerz". Ich dachte, der Titel verspricht keine große Heiterkeit, ist also ungefährlich.

Ich fing an zu lesen und etwa auf der sechsten Seite lachte ich das erste Mal.

Verflucht, dachte ich, du sollst doch nicht lachen. Ich las weiter und dann lachte ich so heftig, dass ich das Buch weglegen musste, um mir die Tränen wegzuwischen, und das war auch gut, sonst wäre Blut auf das Buch getropft. Die Wunde war wieder aufgegangen, die Naht war wieder geplatzt.

Am nächsten Tag sagte der Arzt: „Sie schon wieder."

„Es tut mir leid", murmelte ich, „mein Buch war so witzig."

Der Arzt schüttelte den Kopf: „Können Sie kein ernstes Buch lesen?"

„Es ist ein ernstes Buch. Das sagt doch schon der Titel ,Phantomschmerz'. Es geht um einen amerikanischen Autor, der Schwierigkeiten mit dem Schreiben, mit seiner Frau und seiner Nebenfrau hat. Es ist eigentlich eine tragische Geschichte, aber es wird so komisch beschrieben. Die Situationen sind so grotesk und ich muss eben über so etwas lachen."

Der Arzt sagte: „Ach, das Buch meinen Sie. Das kenne ich. Ich musste nicht ein einziges Mal lachen. Was soll denn daran witzig sein?"

Er schaute mich wieder skeptisch an: „Lassen Sie lieber auch das Lesen sein. Die Wunde muss zur Ruhe kommen."

Nun schaute ich den Arzt skeptisch an: „Nicht fernsehen, nicht lesen. Was bleibt denn dann noch?"

„Meiden Sie jede Belastung, sonst verheilt die Wunde nie und Sie behalten im Gesicht eine hässliche Narbe. Das wollen Sie doch nicht."

Nein, das wollte ich natürlich nicht. Da ich abends weder fernsehen noch lesen sollte, inspizierte ich meinen Kühlschrank und fand im Tiefkühlfach ein kleines Fladenbrot. Das buk ich in der Backröhre auf, wartete, was mir schon wieder schwer fiel, bis es knusprig braun war und dann geschah, was geschehen musste, und was sich wahrscheinlich jeder, der das hier liest, zusammenreimen kann, die Wunde platzte wieder auf. Das Brot, mit Knoblauchbutter bestrichen, schmeckte zwar gut, sogar sehr gut, aber ich musste kräftig kauen und so geschah alles wie gehabt.

Egal, für wie bescheuert die mich halten würden, ich musste wieder in die Praxis. Der Arzt starrte mich nur an.

„Gelacht habe ich nicht. Es ist beim Essen passiert."

„Tja, wenn Sie wollen, dass Sie nicht ganz entstellt aussehen, müssen Sie sich auch mit dem Essen ein wenig zurückhalten."

Ich sagte: „Ich soll nicht lachen, ich soll nicht lesen, ich soll nicht fernsehen, ich soll nicht essen. Was bleibt denn da noch übrig? Da werde ich ja trübsinnig."

„Ein kleines Süppchen geht schon. Aber vermeiden Sie zähes Fleisch."

„Zähes Fleisch esse ich eigentlich nie. Da besteht keine Gefahr."

„Das haben Sie auch beim Lachen gesagt."

Nun, ja. Am Abend inspizierte ich statt des Kühlschranks meine CDs. Ich legte mich auf die Couch und hörte Musik. Das schien der Wunde zu gefallen.

Irgendwann heilte sie ab, irgendwann hätte ich auch wieder lachen dürfen, aber da gab es nichts mehr zum Lachen.

DER NAHE FREMDE

Er hatte das Gefühl, eine vage Bewegung wahrgenommen zu haben.

„Da ist doch wer, nein, da liegt wer", flüsterte er erschrocken und ging langsam, man kann schon sagen behutsam an ein Bündel heran, das zusammengekrümmt ausgerechnet unter dem Balkon seiner Wohnung lag. Dem Ehemann, der pünktlich wie immer von seiner Arbeit nach Hause kam, beschlich ein Gefühl der Beklommenheit. Unter seinem Balkon schlief ein Mann. Ich sollte es der Frau nicht sagen, das wird sie bloß aufregen, überlegte er, doch als er ihr an der Wohnungstür gegenüber stand, bekam sie statt einer Begrüßung den Bescheid: „Du wirst es nicht glauben, da schläft jemand unter unserm Balkon".

„Unter unserm Balkon schläft jemand? Du sagst schläft? Wer denn um Gottes willen?"

Der Mann zog seinen Mantel aus, griff nach dem schwarzen Kleiderbügel, den nahm er immer für seinen schweren Wintermantel und hängte ihn dann an dem linken Garderobenhaken auf.

„Nun red' doch schon." Seine Frau hatte zwei rote Flecken im Gesicht. Das passierte geschwind, wenn sie erregt war. Und das war sie nach diesem Satz von ihrem Ehemann.

„Wahrscheinlich ein Obdachloser oder ein Asylant."

„Und du bist ganz sicher, dass da einer liegt?"

„Ja."

Die Ehefrau machte mit ihrem Arm eine weite Bewegung, wohl um ihre Worte zu unterstreichen: „Aber hier gibt's doch mindesten zwanzig Parterrewohnungen mit einem Balkon, unter dem jemand schlafen könnte. Wieso ist der gerade bei uns?"

„Na, vielleicht schläft unter den anderen Balkons auch jemand."

„Das habe ich noch nie gehört. Das wüsste ich. Die schlafen eher in Bahnhöfen, wenn sie keine Bleibe haben."

„Tja", sagte der Ehemann und er sagte es ein bisschen selbstgefällig, „dem gefiel eben gerade der Platz unter unserem Balkon."

„Und was machen wir nun?"

„Keine Ahnung. Ich habe wirklich keine Ahnung." Das Selbstgefällige war wieder verschwunden.

„Kann man da überhaupt was machen?"

Der Ehemann hob die Schultern.

Die Ehefrau, immer noch mit den kreisroten Flecken auf ihren Wangen, sprach mehr zu sich: „Die Vorstellung, die Vorstellung…"

„Was für eine Vorstellung?"

„Die Vorstellung, wenn wir nachher gemütlich im Wohnzimmer sitzen und fernsehen, vielleicht irgendwas trinken, Wein oder so was, und etwas knabbern und wir haben es mollig warm, die Vorstellung …"

„Ich weiß schon, was du mit der Vorstellung meinst."

„Eigentlich müsste man ihn in die Wohnung holen."

Die Frau sah sich um, als wenn sie einen Platz für den Fremden suchen würde.

„Das geht nicht. Wo denkst du hin?"

„Ja," sagte die Frau etwas gedehnt. Es klang zögerlich.

„Ja, wahrscheinlich geht's wirklich nicht. Man weiß ja nicht, wer das ist. Ungeziefer kann er auch haben. Nein, das geht nicht. Da hast du sicher recht."

„Aber ihn da in der Kälte lassen, das geht eigentlich auch nicht."

„Wenn du ihn nicht entdeckt hättest, hätten wir es vielleicht gar nicht bemerkt. Vielleicht hat er schon paar Nächte bei uns geschlafen."

11

„Das hätte ich beim Rauchen bemerkt. Schließlich bin ich da immer auf dem Balkon".

„Aber heute rauche da mal lieber nicht".

„Mal sehen."

„Am besten rauchst du heute mal gar nicht."

„Mal sehen."

„Sag doch nicht immer mal sehen."

Der Ehemann schaute seine Frau kurz an, zog dann seine Schuhe aus und dachte: „Warum habe ich nicht das Ganze für mich behalten?" Er ging auf Strümpfen in die Küche. Seine Frau kam hinterher und sagte:

„Man könnte doch den Mann im Keller schlafen lassen."

„Ja, das ginge vielleicht. Aber ob das den anderen Mietern recht ist?"

„Soll ich mal bei Breuers klingeln und fragen, was die davon halten?"

„Nein, nein, ich würde lieber bei niemandem klingeln. Das bringt nur Gerede. Ich denke, wir sollten das alleine klären."

„Meinst du? Aber der Breuer weiß eigentlich immer Rat."

„Ja, vielleicht. Aber ich weiß nicht, wie der so zu Obdachlosen steht. Ich habe ihn schon so komische Sachen über Ausländer reden hören. Der jagt den Fremden womöglich fort."

„Ach, so ist der nicht."

„Na, wenn du dich da mal nicht täuschst." Der Ehemann mochte den Nachbarn nicht.

Seine Frau gab nicht auf: „Der ist doch ein ganz korrekter Mensch."

„Eben."

„Eben?" Die Ehefrau hatte jetzt eine etwas schrille Stimme.

„Gerade mit den Korrekten ist es oft schwierig", bekam sie zur Antwort.

„Wir könnten den Mann von da unten doch wenigstens für eine Stunde ins Warme holen."

„Und nach einer Stunde sagen wir ihm, er soll wieder gehen, er soll wieder in die Kälte gehen, nachdem er hier so behaglich gesessen hat?"

Jetzt war auch seine Stimme ein wenig lauter als gewöhnlich.

„Aber wir könnten vielleicht", sagte die Frau, „ach, ich weiß auch nicht, was wir könnten".

Die Ehefrau stand jetzt am Küchenfenster und blickte hinaus. Ihr Mann stellte sich neben sie und folgte ihrem Blick. Draußen war nichts als Dunkelheit. Die Frau lehnte sich an ihren Mann.

„Das Beste wäre immer noch, wir tun so, als ob wir den Fremden da unten nicht bemerkt haben", sagte sie leise.

„Meinst du?"

„Ja, das meine ich."

„Na, gut", sagte der Mann und drückte sie ein wenig an sich, „dann machen wir es so. Wir ignorieren den Fremden einfach. Er hat sich diesen Platz ausgesucht, für ihn ist es hier vielleicht richtig gut. Was wissen wir denn von denen. Nichts wissen wir. Wir vertreiben den Mann nicht, wir sagen es nicht den anderen in unserem Haus, wir lassen ihn in Ruhe, aber wir kümmern uns auch nicht um ihn, und jetzt kümmere dich mal ums Abendbrot. Ich habe ganz schönen Hunger."

„Aber heute essen wir in der Küche. Nicht im Balkonzimmer."

Der Ehemann nickte und zog sich seine Hausschuhe an.

EIN SEGEN

„Nichts zu machen", erklärte der Monteur und schaute mich an, als ob ich Schuld hätte, dass nichts zu machen sei. Noch vor fünf Minuten hatte der Mann beteuert, ich solle warten, der Defekt am Fahrstuhl wäre gleich behoben, aber jetzt sagte er das Gegenteil, räumte sein Werkzeug zusammen und ließ mich einfach stehen, obwohl ihm doch klar sein müsste, dass ich mit dem vollgepackten Einkaufsroller nur mit größter Mühe die Treppe zu der U-Bahn hinunter käme. Ich rief ihm noch hinterher, ob es einen zweiten Fahrstuhl oder wenigstens eine Rolltreppe gäbe, aber er fuchtelte nur mit seinem Arm herum, was alles Mögliche heißen konnte. Wahrscheinlich wollte er nur in Ruhe gelassen werden. Warum ist der so unfreundlich? Er sieht doch, dass ich Hilfe brauche. Schon in dem Supermarkt, wo ich vorher eingekauft hatte, viel zu viel, wie das immer so ist, eigentlich brauchte ich bloß Brot und Milch, aber da lockten noch Brokkoli und Teltower Rübchen und dann noch dies und das, und bevor ich mich versah, war ein ganzer Berg zusammengekommen, also schon da war jemand so unfreundlich zu mir. Diesmal war es eine Frau. Ich stand vor dem Zuckerregal, suchte nach einer bestimmten Sorte und als ich schließlich die richtige in der Hand hatte, ranzte mich die Frau an: „Wollen Sie sich hier niederlassen oder wie lange versperren Sie noch den Weg?" Ich zuckte zusammen und ließ vor Schreck die Tüte fallen. Natürlich zerplatzte sie. Die Frau drängelte sich an mir vorbei und giftete: „Vergessen Sie nicht, den verschütteten Zucker zu bezahlen".
Noch immer stand ich vor dem Fahrstuhl, aber als dann jemand sagte: „Der ist gesperrt. Sehen Sie das nicht?", rollerte ich mit meiner Einkaufskutsche zur Treppe und

überlegte, wie ich am besten die Stufen herunter käme. Plötzlich versuchte jemand von hinten, mir die Karre aus der Hand zu nehmen.

„He, was soll denn das?", brüllte ich, drehte mich um und bekam große Augen. Vor mir stand ein schwarzer Zwei-Meter-Mann mit schlohweißen Haaren.

„I'm sorry, ich wollte nicht erschrecken, aber das ist zu schwer für Sie." Er tippte auf die Karre und löste vorsichtig meine Hand vom Griff.

„Oh, danke, vielen Dank", sagte ich, konnte aber nicht verhindern, dass mir Bedenken wie „Hoffentlich haut der nicht mit meinem Einkauf ab" durch den Kopf gingen, zumal mein Portemonnaie in der Seitentasche von der Karre steckte. Auf dem Weg in das untere Stockwerk kamen wir ins Gespräch und ich erfuhr, dass er aus Äthiopien gekommen war, und nun, da er die deutsche Sprache „kennt", wie er sagte, würde er hier arbeiten.

„Deutschland ist ein freundliches Land", erklärte er mir, während er die Karre ein wenig hin und her schwenkte, als wäre sie ein kleines Handtäschchen.

„Na, dann lassen Sie mal nie ein Zuckerpäckchen fallen", murmelte ich.

„Zuckerpäckchen? Was für eine Zuckerpäckchen?"

„Ach, vergessen Sie's. Es hat nichts zu bedeuten."

Der große Mann blieb stehen und schaute mich an.

Als wir weitergingen, mein Misstrauen hatte sich längst verflüchtigt, erzählte er mir, dass er bald eine Stelle als Pfarrer bekommen würde.

„In einem kleinen Städtchen, wo sie niemanden für ihre Kirche haben."

Ich überlegte, wie wohl die Leute in einem kleinen Städtchen mit einem schwarzen Pfarrer zurechtkämen. So recht vorstellen konnte ich es mir nicht.

Unten, auf dem Bahnsteig meiner U-Bahn stellte er den Roller vor mich hin und sagte dann: „Ich würde Ihnen gerne etwas Gutes antun, ich glaube, Sie können es gebrauchen."

„Etwas Gutes", fragte ich, „was denn Gutes?"

„Nun weil, eh…. Sie sind so, Sie sind …", er fand nicht das Wort, wie ich bin, aber er meinte wohl, ich wäre gestresst, und das war ich wirklich an diesem Tag. Er ging einen Schritt auf mich zu, stand ganz dicht vor mir und sagte dann: „Ich möchte Sie gerne segnen."

Ich war total verdutzt und ging ein Stückchen zurück. Zwischen uns thronte die Karre wie eine Barriere. Ich sollte verschwinden, dachte ich, einfach weggehen. Vielleicht ist der gar kein Pfarrer. Vielleicht ist der irgend so ein Scharlatan. Man segnet doch nicht wildfremde Menschen auf einem Bahnsteig. Wir standen uns immer noch gegenüber. Der große Mann lächelte ein wenig, sagte aber nichts. Er ließ mir wohl Zeit.

Er war so freundlich zu mir, dachte ich schließlich, sehr freundlich sogar. Er war überhaupt der erste heute, der freundlich zu mir war. Warum soll er mir was Böses wollen? Er sagte doch, der Segen würde mir gut tun. Na, ja, schaden kann so was wohl auf keinen Fall. Ich darf so einen freundlichen Menschen nicht kränken, dachte ich schließlich und ließ geschehen, was geschehen sollte.

Der schwarze Geistliche trat wieder an mich heran, hielt seine Hände über meinem Kopf und murmelte leise Worte in einer Sprache, die mir fremd war. Ich stand wie erstarrt, aber ich ließ es zu. Der Mann murmelte und murmelte und dann wurde ich etwas ruhiger und zu guter letzt ganz ruhig und alles, was um mich herum geschah, verlor sich in einem Nebel. Es kümmerte mich nicht, dass uns Leute beobachteten, was bei dem vollen Bahnsteig gewiss passierte.

Ich weiß nicht, wie lange der Segen dauerte, ich weiß nur, ich begann mich wohler zu fühlen, der Stress der letzten Stunden verlor sich. Der Segen tat mir gut, ausgerechnet mir, die doch immer behauptet, eine tiefgläubige Atheistin zu sein. Irgendwann nahm der Mann seine Hände herunter, verbeugte sich und sagte: „Gott mit Ihnen." Danach schritt er davon.

Wenig später stieg ich in die U-Bahn. Als ich rausblickte, sprach dieser erstaunliche Mensch gerade eine alte Frau an, die gebrechlich aussah. Die bekam jetzt auch einen Segen, der würde es dann auch besser gehen.

AM ENDE DER MOLE

Hajo kam als Letzter. Wie immer. Und wie er in den kleinen Saal kam, war auch wie immer. Es glich einem Theaterauftritt.

„Hallo, Leute", rief er, während er sich seinen Mantel auszog, „hallo, ihr Lieben, ich bin ein wenig über der Zeit, aber ihr wisst ja, wie es so geht. C'est la vie!"

Hans-Anton-Joachim, so hieß er tatsächlich, aber so nannte ihn keiner, das war viel zu umständlich, alle sagten nur Hajo, erklärte nicht, was ihn zu spät kommen ließ. Warum auch. Schließlich war er da. Er begrüßte jede der vier Frauen, die an der gedeckten Tafel saßen, mit einem Küsschen und setzte sich dann an die Stirnseite des Tisches, so als wäre er der Hausherr der Runde.

Josef, der ein wenig abseits stand, er wollte mit dem Kellner den Ablauf besprechen, also Josef dachte, kann der Kerl nicht pünktlich sein und warum in aller Welt muss er sich immer so aufspielen?

Aber das dachte wohl nur er, denn die Freude der Frauen, dass Hajo endlich gekommen war, konnte man nicht übersehen. Sie hatten schon befürchtet, er würde überhaupt nicht kommen, denn obwohl er nie pünktlich war, auch damals, als sie noch alle im Chor sangen, kam er oft zu spät, mussten sie noch nie so lange auf ihn warten wie heute.

Ihm, Josef, verdankten sie, dass sie sich an diesem Novembertag hier in Warnemünde wiedersahen. Er hatte dieses Treffen vorbereitet. Es war nicht einfach gewesen, die Adressen aufzustöbern, dann die Terminwünsche unter einen Hut zu bekommen, sich über den Ort zu einigen und das passende Quartier zu finden. Sie waren nur noch ein kleines Häufchen, mehr Leute aus dem Chor hatte er nicht gefunden, aber es war sozusagen der alte Kern, die alte Clique. Sie hatten auch damals nach den Chorproben immer zusammengehockt, schließlich arbeiteten sie in jener Zeit alle sechs in einem großen Optikerladen. Josef war also der Initiator, ihm hätten sie dankbar sein müssen. Aber wen himmelten die Frauen an? Auf wen lauerten sie die ganze Zeit? Auf Hajo. Immer ging es nur um diesen Burschen.

Als Josef an den Tisch kam, stand Hajo auf und klopfte ihm auf die Schulter:

„Hallo, Josef, alter Kumpel, es ist toll, wie du alles organisiert hast. Einfach super. Ich finde, wir sollten unseren Josef hochleben lassen. Los Mädchen, steht auf."

Er umfasste mit dem linken Arm Josef und mit dem rechten dirigierte er: „Hoch soll er leben, hoch soll unser Josef leben, hoch, hoch, hoch!"

Die Frauen lachten und riefen auch: „Hoch, hoch, hoch soll er leben!" und scherten sich nicht um Josef, der immer wieder: „Ist ja gut, ist ja gut. Ich habe es ja gerne getan", murmelte. Der Auftritt war ihm unsagbar peinlich. Sicher, dachte er, schön, dass sie sich bedanken, aber doch nicht so, dass alle Gäste und auch die Kellner ihn anstarrten. Er setzte sich an das Tischende, schob seine Gabel nach links und den kleinen Löffel nach oben, so dass er quer lag, ordnete die Bestecke in der Art, wie er es gewohnt war und dachte währenddessen, dass Hajo sich wie ein Animateur benimmt. Josef wusste zwar nicht genau, wie sich Animateure benehmen, denn er war noch nie in so einer Hotelanlage, wo die ihre Spielchen trieben, gewesen, aber so wie Hajo sich hier aufführte, so mussten die sein, nämlich laut und selbstgefällig.

Wenig später brachte der Kellner für jeden ein Glas Sekt. „Nein, nein", rief Hajo, „ich will nur Wasser. Ein Wasser ohne Sprudel."

„Na, so was!" – „Da habe ich aber andere Erinnerungen" – „Was ist denn mit Dir los?".

Alle sprachen durcheinander. Hajo und kein Sekt. Unvorstellbar.

Hajo wirkte einen Augenblick unsicher, hob die Hände, als wollte er sich vor der Redeflut schützen und sagte schließlich: „Es geht um eine Wette. Vier Wochen kein Alkohol. C' est la vie!"

„Um eine Wette? Hast du Wette gesagt?" Es war Erika, die diese Frage stellte. Sie kannte Hajo am längsten und wahrscheinlich auch am besten. Vor ewiger Zeit, es war wohl während ihrer Ausbildung in der Optikerschule, waren sie fast zwei Jahre zusammen gewesen.

„Es geht um viel Geld." Hajo lachte ein wenig. „Pech für heute Abend. Kein gutes Timing."

„Hier sieht dich doch keiner. Wir verpetzen dich nicht", Erika ließ nicht locker. „Ich meine, dein Wettgegner kann doch nicht wissen, dass …"

„Nein, nein, so einer bin ich nicht. Wette ist Wette."

Hajo bekam sein Wasser und dann stießen sie auf ein gutes Beisammensein an.

In den nächsten Stunden begann jeder Satz mit „Wisst ihr noch?" oder „Könnt Ihr euch noch erinnern?" und wieder mit „Wisst ihr noch, wie…."

Wortführer war, wer hätte anderes erwartet, Hajo. Er erzählte die lustigsten Anekdoten, er konnte am besten Herrn Schlüter, ihren Chorleiter, nachmachen, der zwar wunderbar sang, aber beim Sprechen, besonders wenn er aufgeregt war oder sich ärgerte, zu stottern anfing. Und auch Hajo war es, der nach dem Essen die Idee hatte, Herrn Schlüters Lieblingslied, „Der Mond ist aufgegangen", dieses wunderschöne Abendlied, zu singen.

Sie standen auf, fassten sich an die Hände und wiederum dirigierte Hajo. Die Gäste an den anderen Tischen starrten zum zweiten Mal zu ihrer Runde. Nach der letzten Strophe gab es Applaus, kein stürmischer, gewiss nicht, aber eine Frau rief: „Bravo!" und daraufhin verbeugte sich Hajo nach rechts und nach links.

Josef dachte, es ist wie damals, denn auch im Chor drehte sich alles um Hajo.

Zugegeben, er hatte die beste Stimme und bekam deshalb manchen Solopart, aber dennoch, sein ganzes Auftreten, sein Gehabe, so wie er da stand, zielte darauf hinaus, die Zuhörer zu beeindrucken. Josef wurde nie bemerkt. Nun, ja, so war es eben und so scheint es heute nach all den Jahren immer noch zu sein. Damals war Josef manches Mal neidisch auf Hajo gewesen. Er wäre gerne auch so charmant gewesen. Aber das lag ihm einfach nicht.

Sein Chef in dem Optikerladen ermahnte ihn des Öfteren, verbindlicher zu sein, sich nicht so reserviert gegenüber den Kunden zu verhalten.

„Warum können Sie nicht wie Hajo sein?" Diesen Vorwurf bekam er immer wieder zu hören, und immer wieder kränkte es ihn.

Obwohl der Optikerladen viele Stammkunden hatte, ging der Umsatz zurück. Die Konkurrenz mit den großen Ketten wurde härter. Und so kam es, wie es kommen musste, das Geschäft wurde geschluckt. Es konnte zwar fortbestehen, aber es schrumpfte zu einer kleinen Filiale der großen Kette.

Allen Mitarbeitern wurde gekündigt, allen bis auf Hajo. Seinen besten Verkäufer behielt der Chef. Hajo verkaufte nicht nur die meisten Brillen, sondern auch die teuersten. Er brachte dem Geschäft den höchsten Gewinn. Von so einem trennt sich kein Chef. Hajo arbeitet noch immer in der Filiale, nein, es ist noch besser, er leitet sie inzwischen. Das hatte er anfangs, als einer nach dem

21

anderen berichtete, wie es jedem in all den Jahren ergangen war, erzählt. Josef war seit einem Jahr arbeitslos. Es war ihm schwer gefallen, das einzugestehen und als Hajo ihn bedauerte, wäre er beinahe ausgerastet. Aber eben nur beinahe. Er blieb still, sagte nichts, schob den kleinen Löffel, den der Kellner liegen gelassen hatte, hin und her und merkte dann, wie dieses widerliche Gefühl, der Neid, wieder hervor kroch, der Neid auf diesen Hans-Anton-Joachim, dem alles zu gelingen schien.

Am späten Abend, es war vielleicht eine Stunde vor Mitternacht, verabschiedete sich Hajo von der Runde: „Die lange Autofahrt hierher, ihr wisst schon. Ich bin todmüde."

„Was? du willst schon ins Bett?" – „Habe ich das richtig gehört?" – „Ausgerechnet du?" – „Jetzt fängt der Abend doch überhaupt erst an."

Wieder sprachen alle durcheinander. Hajo so früh ins Bett.

Unvorstellbar.

Hajo stand an der Stirnseite des Tisches. Er stand da nur. Es war, als hätte ihn der Proteststurm nicht erreicht und dann murmelt er: „C' est la vie."

„Hajo, was ist mit dir?" Die Frage stellte Erika. Sie schien besorgt zu sein.

„Ach", er machte eine Pause nach dem Ach, eine lange Pause, so dass man ihn verwundert ansah, und sagte dann: „Nichts ist mit mir. Es war schön, euch alle wiederzusehen und von den alten Zeiten zu reden, als es uns noch gut ging."

Josef dachte, was soll denn das Gerede. Wenn es einem gut geht und zwar immer und auch heute, dann ist es doch Hajo.

Das sagte er auch Erika, mit der er noch einmal ans Meer bis zur Mole gegangen war.

„Dem geht es nicht gut. Da irrst du dich, Josef. Hast du nicht bemerkt, wie abwesend er manchmal vor sich hinsah, wenn wir anderen gelacht haben?"

„Unsinn. Der war wie immer".

„Mit der Wette, das war doch auch so komisch, empfandest du das nicht ebenso?"

„Nein", sagte Josef, „da hat mich nur erstaunt, dass er die Wette einhält. Das fand ich komisch."

„Und so mager ist er geworden. Ist das dir nicht aufgefallen?"

„Nein."

„Er war so anders als früher."

„Von wegen anders! Der hat auf den Putz gehauen wie eh und je."

„Ja, so scheint es wohl, aber wenn man ihn wirklich kennt…"

Josef lachte: „Du bist ja immer noch verliebt. Wer hätte das gedacht nach all den Jahren."

Erika schniefte als Antwort. Darauf mochte sie nicht eingehen.

Eine ganze Weile gingen sie schweigend nebeneinander. Als sie an der Spitze der Mole waren, sagte Erika: „Du solltest zu ihm gehen und mit ihm reden."

„Reden? Mit ihm?"

„Ja, Josef, vielleicht bedrückt ihn was, worüber er sich aussprechen will."

„Ich? Ausgerechnet ich? Ich bin der Letzte, mit dem er reden würde."

„Nein, da irrst Du Dich. Dir gegenüber würde er sich öffnen, weil er sich nicht unterlegen fühlt. Ich glaube, er braucht Hilfe."

„Unsinn. Der braucht nie Hilfe. Solche wie der schwimmen immer oben."

Danach kickte er wütend einen Stein ins Wasser.

Beim Frühstück, sie hatten sich für neun Uhr verabredet, fehlte Hajo. Die Frauen wollten warten, aber Josef protestierte: „Der kommt doch immer zu spät."

Nach einer Stunde war Hajo immer noch nicht da.

„Ich glaube, wir müssen nach ihm sehen. Bitte, mach dich auf den Weg", sagte Erika leise zu Josef.

Zehn Minuten später kam er zurück.

Er war kreideweiß und schwenkte langsam einen Brief hin und her. Es war der Abschiedsbrief von Hajo.

„Ich weiß seit zehn Tagen, dass ich unheilbar krank bin. Mein Leben war wunderbar. Ich habe es genossen. Heute Nacht springe ich von der Mole ins Meer, denn lieber ein Ende mit Schrecken als eine Schrecken ohne Ende. Lebt wohl, Ihr Lieben."

Erika blickte zu Josef. Sie sah ihn solange an, bis er seinen Kopf senkte.

Später gingen die Frauen bis zum Ende der Mole und warfen jeder eine weiße Rose in das Meer. Die Rosen tanzten noch ein paar Minuten in dem grauen Wasser und wurden dann weggetrieben. Die Frauen hatten sich schwarze Kopftücher umgebunden.

Josef stand am Strand und blickte zu den Frauen. Eigentlich müsste er auch dort sein und eine weiße Rose ins Meer werfen, doch er zögerte. Er zögerte schon so lange, wie die Frauen mit ihren schwarzen Kopftüchern an der Spitze der Mole standen.

Ganz in der Nähe von Josef saßen auf einer Buhne in einer schnurgeraden Reihe mehrere Möwen. Josef dachte, wenn ich die jetzt zähle und es sind mehr als ein Dutzend, dann gehe ich zu den Frauen. Er zählte. Es waren Elf. Erst atmete er auf, doch dann dachte er, ich muss da hingehen und meine weiße Rose ins Meer werfen. Aber er ging nicht hin, denn dieser Satz, dieser eine Satz „Solche wie der schwimmen immer oben" lähmte ihn.

EIN RUNDER COUCHTISCH

Auf dem Mittelstreifen der Karl-Marx-Allee stand ein Tisch. Ich hatte ihn erst gar nicht bemerkt, denn ich war in Eile und ging ziemlich schnell, aber dann erblickte ich ihn. Eigentlich konnte man ihn auch nicht übersehen, so wie er da mitten in den gelben Osterglocken, die in dieser Zeit allerorts blühten, prangte.

Ich fragte mich, was macht ein Tisch zwischen all den Autos, die links und rechts an ihm vorbeipreschen? Wer hat ihn da hingestellt und warum in aller Welt? Als die Ampel auf grün schaltete, ging ich zu dem Mittelstreifen und sah mir diese verwunderliche Angelegenheit aus der Nähe an. Der Tisch, es war nicht irgendeiner, sondern ein runder Couchtisch, sah genauso aus wie der Tisch, den sich meine Tante einst gekauft hatte. Das bemerkte ich als erstes. Als ich nach unten schaute, entdeckte ich an einem Tischbein eine längliche Kerbe. Ich konnte es nicht fassen. Der Tisch sah nicht nur genauso aus wie der von meiner Tante, es war der Tisch von meiner Tante. Das bewies die Kerbe. Also ich muss da bestimmt drei Minuten wie erstarrt gestanden haben, denn ich begriff nicht, wie ausgerechnet der Tisch meiner Tante auf den Mittelstreifen der Karl-Marx-Allee gekommen war. Um es gleich vorweg zu nehmen, ich weiß es bis heute nicht. Ich kann auch nicht sagen, dass mir die Begegnung Freude bereitete. Im Gegenteil. Eigentlich hatte ich gehofft, ihn nie wieder zu sehen, denn sein Anblick bereitete mir Unbehagen.

Ich erinnere mich noch genau, wie es war, als dieser Tisch angeschafft wurde. Irgendwann klingelte bei uns das Telefon. Meine Tante war dran: „Ich habe einen Tisch gefunden, der mir gefallen könnte."

„Einen Tisch?"

„Ja."

Es war früh um Neun und ich wunderte mich, wieso sie einen Tisch gefunden hatte, denn als ich gestern kurz vor dem Abendbrot mit ihr sprach, war von einem Tisch noch keine Rede gewesen. Das musste nachts passiert sein. Ich wusste allerdings, dass meine Tante schon lange vorhatte, sich einen neuen Tisch für ihr Wohnzimmer zu kaufen, aber es war in der DDR nicht unbedingt leicht, das zu finden, was man sich vorgestellt hatte. Nun, heute ist es wegen des Riesenangebotes auch nicht gerade einfach. Aber es geht um damals.

„Was denn für einen Tisch? Und wo denn?", fragte ich schließlich.

„Ich war gestern Abend mit Friedhelm im Konzert. Hast du das vergessen?"

„Nein, natürlich nicht. Aber was hat das mit dem Tisch zu tun?"

„Wir sind danach noch durch die Münzstraße gebummelt, und da habe ich ihn im Schaufenster gesehen."

„Aha", sagte ich

„Friedhelm findet ihn auch schön".

Friedhelm war der damalige Freund meiner Tante. Dass er den Tisch schön fand, verwunderte mich in keiner Weise, denn er fand alles schön oder alles schlecht. Je nachdem, wo es herkam. Er hatte strenge politische Prinzipien. Für ihn gab es nur weiß oder schwarz für Ost und West. Nuancen waren ihm fremd. Also kam der Tisch aus der DDR oder aus einem sozialistischen Land. Das war schon mal klar. Wo sollte der Tisch zur damaligen Zeit auch sonst herkommen.

„Wie sieht denn dein Tisch aus?"

„Noch ist es nicht mein Tisch." Meine Tante nahm alles sehr genau.

„Na, ja, den ihr da entdeckt habt."

„Er ist rund. Und aus Holz, nicht so ein Folienzeug. Friedhelm sagt, es ist Nussbaum".

Nun, von Holz verstand Friedhelm etwas. Wenn er Nussbaum sagte, dann war es Nussbaum.

„Der Tisch hat drei geschwungene Beine, die sich etwas oberhalb in einem kunstvoll gedrechselten Mittelfuß vereinen und sieht gediegen aus. Die Tischplatte strahlt wie die Sonne, so schön ist sie poliert."

„Aha", sagte ich wieder. Ich konnte mir nun vorstellen, wie er aussieht. Nämlich grässlich.

„Und was kostet dieser Tisch? Weißt du das schon?"

Meine Tante nannte einen Preis.

„Oh", sagte ich, „dann muss es aber wirklich ein gediegenes Stück sein."

„Ja", sagte sie, „so ist es und ich möchte ihn haben. Das ist die letzte Anschaffung, die ich noch mache."

Den Satz kannte ich. Als sie sich eine neue Schleuder kaufte, weil die alte immer durch das halbe Badezimmer tanzte, hatte sie wortwörtlich dasselbe gesagt.

Am nächsten Tag fuhren wir alle zusammen zu dem Geschäft. Meine Tante, Friedhelm, mein Mann und ich. Wir wurden mitgenommen, damit wir unsere Meinung sagen sollten. Als wir in den Laden gingen, zischelte mir mein Mann ins Ohr: „Halte dich zurück. Hauptsache, ihr gefällt der Tisch. Dir muss er nicht gefallen."

„Ja, ja", murmelte ich etwas genervt, aber die Warnung war berechtigt, ich preschte oft vor.

Meine Tante umkreiste den Tisch wieder und wieder, kippte ihn ein wenig, um die Tischplatte von unten zu sehen, ruckelte an ihm, glitt mit der Hand über die polierte Fläche, strich über die Beine und sagte schließlich: „Genau so einen wollte ich haben."

Sie schaute einen nach dem anderen an. Wir nickten. Einer nach dem anderen. Der Tisch war edel, das musste ich zugeben, und er passte in ihr Wohnzimmer, er passte zu ihr.

Nun, der Tisch erlebte ein exklusives Dasein. Ich kann mich nicht entsinnen, dass wir ein einziges Mal an ihm gesessen hätten, dass mal Kaffeegeschirr auf ihm gedeckt war oder ein Weinglas auf der polierten Platte stand. Diese trivialen Vorgänge geschahen an dem rechteckigen Tisch in der Diele. Der runde Couchtisch wurde behandelt wie eine Diva. Es verging bestimmt kein Tag, an dem meine Tante ihn nicht mit einem samtweichen Tuch umschmeichelte.

Eines Tages geschah etwas, das den Tisch unverwechselbar machte und erklärt, warum ich ihn auf dem Mittelstreifen der Karl-Marx-Allee erkannte. Friedhelm kam zu Besuch. Er kam diesmal nicht alleine. Er hatte einen kleinen Hund dabei, den er für seine Enkeltochter hüten sollte. Hätte er mal gehütet. Zunächst war eitel Sonnenschein. Meine Tante war entzückt, denn der kleine Kerl, er hieß Fritzi, war drollig wie alle Welpen, tapste durch die Wohnung, beschnupperte alles und jedes und schlief dann irgendwann ein. Er lag auf dem dicken Teppich im Wohnzimmer.

Friedhelm und meine Tante saßen bei Kaffee und Kuchen beisammen. Natürlich in der Diele und nicht an dem runden Couchtisch. Irgendwann sagte Friedhelm: „Nun werde ich mal nach Fritzi gucken."

Fritzi war inzwischen aufgewacht und hatte sich eine Beschäftigung gesucht. Er knabberte mit wedelndem Schwanz an einem der schön geschwungenen Tischbeine.

Die Freundschaft zu Friedhelm bekam einen Riss.

Die Jahre gingen hin, meine Tante war nun fast neunzig und so war es naheliegend, dass sie ein Testament aufschrieb. Mein Mann und ich wurden zu einem Kohlrouladenessen eingeladen. Das gab es immer, wenn sie uns einlud, denn sie wusste, wie gerne ich dieses Gericht hatte. Danach gab es Kaffee und schließlich zeigte sie uns ihr Testament. Mein Mann sollte es vorlesen. Viel hatte sie nicht zu vererben, aber das Wenige war gerecht verteilt. Fast zum Schluss kam eine Verfügung, die mich fast vom Stuhl riss. Mir vererbte sie den runden Couchtisch. Nach diesem Satz schaute mich meine Tante erwartungsvoll an. Ich verkniff mir einen Entsetzensschrei und sagte: „Das ist aber eine Überraschung, Tantchen. Vielen Dank." Eine Überraschung war es wirklich.

Ein halbes Jahr danach mussten wir meine Tante begraben und ihre Wohnung auflösen. Natürlich wollte ich den runden Couchtisch nicht haben. Aber ich wollte ihn auch nicht so mir nichts, dir nichts entsorgen lassen, so wie es mit den meisten Möbeln ihrer Wohnung geschah. Doch so sehr ich mich auch bemühte, es gab niemanden, der an diesem Tisch Gefallen fand. Als er letztlich mit den anderen Möbeln auf den LKW gehievt wurde, war mir speiübel. Ich schaute zum Himmel und hoffte, dass die Tante mein schändliches Tun nicht sah.

Und nun steht dieser Tisch auf dem Mittelstreifen der Karl- Marx-Allee. Wollte ihn wieder jemand loswerden? Tags darauf, als ich ihn mir noch einmal anschauen wollte, sah ich, wie jemand den Tisch meiner Tante mit einer Decke umwickelte und dann behutsam, als wäre er eine Diva, auf einen Hänger hob. Wenige Minuten später blickte ich dem runden Couchtisch mit den drei geschwungenen Beinen, die sich etwas oberhalb in einem kunstvoll gedrechselten Mittelfuß vereinten und dessen schön polierte Tischplatte wie die Sonne strahlte, solange hinterher, bis er im Straßendunst der Großstadt verschwand und schaute dann zum Himmel.

Diesmal ging es mir besser.

DAS KALENDERBLATT

Fassungslos schaute Jana auf ihren Wandkalender, von dem sie gerade das Blatt des vergangenen Monats abgetrennt hatte. Sie mochte nicht glauben, was da zu lesen war. Auf der neuen Seite stand: „Alte Fotze!"

Sie riss den Kalender von der Wand und ging ans Fenster, da es in ihrer Küche nicht sonderlich hell war. Es blieb dabei. Ganz unten, ziemlich reingequetscht, denn es gab nicht viel Platz, standen diese Worte, die sie bisher nur in Unterführungen oder in Toiletten gesehen hatte. Aber in ihrer Wohnung?

Wie waren die da hingekommen? Sie wohnt doch alleine. Hatte sich jemand hier reingeschlichen? Aber wer? Und wie? Es hatte doch niemand einen Schlüssel. Doch. Frau Schlüter hatte einen. Aber die alte Dame macht doch so etwas nicht. Ausgeschlossen. Wer weiß, ob ihre Nachbarin überhaupt so ein Wort kannte, altjüngferlich, wie sie sich immer gab. In Windeseile schossen ihr diese Gedankenfetzen durch den Kopf. Und vor allem das quälte sie: „Wessen Handschrift ist das? Kenne ich die?"

Jana erstarrte. Ihr kroch eine heiße Röte ins Gesicht, denn sie ahnte plötzlich, wessen Schrift das ist. Nämlich Brunos. Große Buchstaben, die sich ein wenig nach links neigen.

Fahrig suchte Jana ihre Brille. „Wo ist die bloß?", rief sie ungeduldig.

„Vielleicht im Wohnzimmer?" Sie hatte sich angewöhnt, all ihr Tun zu kommentieren und seitdem sie alleine war, allemal. Vier Monate lebte sie nun wieder für sich. Sogar auf den Tag genau, wenn sie es recht überlegte.

Am 1. April hatte sie sich von Bruno losgesagt.

Sie verließen gerade die Kantine vom Rathaus, als Jana ihm sagte, dass sie es besser fände, wenn sich ihre Wege wieder trennen würden. Sie aßen dort ab und an zu Mittag, da das Angebot gut und nicht zu teuer war. Nach dem Kantinenbesuch kam Bruno immer noch für einen Kaffee mit rauf in ihre Wohnung. Ab dem 1. April nicht mehr.

Er hatte einigermaßen überrascht gefragt: „Soll das ein Aprilscherz sein?"

„Mit so was scherzt man nicht", antwortete Jana ihm unfreundlicher, als sie es wollte.

Die Entscheidung war ihr schwer gefallen. Und noch viel schwerer fiel ihr, es Bruno zu sagen. Sie wollte das schon seit Tagen, hatte sich aber nicht getraut, es sich eigentlich auch nicht zugetraut.

Aber nun war es ausgesprochen. Gott sei Dank. Sie schaute Bruno kurz an, lächelte sogar ein wenig und murmelte: „Tut mir leid." Was nicht stimmte oder doch? Ach, sie war sich so unsicher, aber irgendwie auch erleichtert. Denn so, wie es in den letzten Wochen gewesen war, durfte es nicht weiter gehen. Jana murmelte dann noch: „Mach's gut, Bruno", und ging davon. Das hatte er ihr am meisten übel genommen, erfuhr sie später von der Kellnerin aus der Kantine. Bei der hatte sich Bruno beschwert. Noch nie in seinem Leben, und es war ein langes Leben, immerhin siebzig Jahre, hätte ihn eine Frau einfach stehengelassen. Aber das war noch nicht alles, was ihn kränkte, es gab noch mehr, dessen er Jana beschuldigte.

Nicht nur, dass sie plötzlich auf und davon gegangen war, das war schon empörend genug, sondern wo es geschah, regte ihn auf. Denn eben dort vor der Kantine hatte er sie vor drei Jahren zum ersten Mal angesprochen, dort begann ihr Zusammensein.

Jana schüttelte den Kopf, als ihr der Vorwurf hinterbracht wurde. Dass der Abschied gerade an dieser Stelle passierte, hatte einen ganz anderen Grund. Bruno war, als sie die Kantine verließen, mal wieder, wie so oft in der letzten Zeit, mit einem Redeschwall über sie hergefallen, mokierte sich mit spitzen Worten, dass Jana die Soße zu dem Königsberger Klops kaum angerührt hatte.

„Willst Du Mannequin werden oder warum verschmähst du die leckere Soße? Ich habe mir noch nie was aus dürren Frauen gemacht. Das weißt du doch."

Nein, das war zuviel gewesen. Das braucht sie sich nicht bieten zu lassen. Sie hatte die Soße nicht gegessen, weil sie pappig war und nach nichts schmeckte. Das war doch wohl ihre Sache, ob sie Soßen aß oder nicht. Jana war seiner ewigen Bevormundungen einfach überdrüssig. Schluss. Aus. Sie mochte nicht mehr.

Bruno sah das natürlich anders, unterschob ihr, dass sie aus perfider Absicht genau diesen Ort gewählt hätte.

Gewiss, es traf zu, dass ihre Beziehung dort begonnen hatte. Zwar hatten sie sich schon ein manches Mal gesehen, waren sie doch fast Nachbarn. Bruno wohnte in dem Hochhaus schräg gegenüber von Janas Wohnung. Außerdem gingen beide immer mal in die Rathauskantine. Aber sie hatten nie mit einander gesprochen, hatten sich nicht mal gegrüßt.

Natürlich war Jana der Mann längst aufgefallen. Eine stattliche Erscheinung, die man gar nicht übersehen konnte. Fast zwei Meter groß und korrekt gekleidet. Stets kam er mit Anzug, Krawatte und schneeweißem Oberhemd zum Essen. An kühlen Tagen bevorzugte er schlichte Westen, die mit dem jeweiligen Jackett harmonierten. Bruno gefiel ihr. Sie mochte Männer, die auf sich hielten.

Wenn sie da so alleine beim Essen in der Kantine saß, machte es ihr Spaß, andere Gäste zu beobachten und zu orakeln, wie wohl so ihr Leben wäre, warum sie sich so und nicht anders gaben.

Bruno war ein selbstbewusster Mann, das sah sie sofort an der Art, wie er die Kantine betrat, wie er mit der Kellnerin sprach, wie er lief. Der leidet nicht an Minderwertigkeitsgefühlen, vielleicht ist er sogar ein wenig selbstgerecht, dachte sie. Sie dachte solches nur flüchtig, wie nebenbei und ahnte nicht, wie recht sie mit dieser Beobachtung haben sollte. Später erfuhr sie von Bruno, dass auch er nach ihr geblickt hätte und sich immer gefreut habe, wenn er Jana neben dem Erkerfenster entdeckte. Und eines Tages sprach er sie an. Es regnete in Strömen, Jana stand im Ausgang der Kantine und traute sich nicht, loszugehen, da sie keinen Schirm dabei hatte.

„Mein schönes Fräulein, darf ich's wagen, Ihnen meinen Schutz anzutragen?"

Bruno stand mit einem großen schwarzen Schirm neben ihr, spannte ihn auf, und hielt ihn über Jana.

„Ich bin weder Fräulein, weder schön, kann ungeleitet nach Hause gehen."

„Oh, da kennt jemand seinen Faust."

„Viel mehr weiß ich nicht. Aber das passt ja grade."

Jana lachte, schlüpfte unter den Schirm und hakelte sich bei Bruno ein.

Einträchtig gingen beide bis zu Janas Haus.

„Das Wetter ist ganz schön ungemütlich, so ein heißer Kaffee …"

Jana lachte wieder. Sie war mehr als einverstanden, für Bruno einen Kaffee zu kochen.

Ab diesem Tag gingen sie gemeinsam in die Kantine zum Essen und tranken danach bei Jana Kaffee, manchmal auch ein Gläschen Sekt oder es gab Kuchen mit Schlagsahne. Dafür sorgte Bruno, dem es Freude machte, Jana zu verwöhnen. Es war schön, so umsorgt zu werden.

Als Bruno zum zweiten Mal in ihre Wohnung kam, überreichte er ihr einen winzig kleinen Knirps.

„Damit Sie kein Regen mehr überrascht."

„Oh", rief Jana, „der ist für mich?"

„Ja, sicher."

„Ich danke dir."

Als Jana merkte, dass sie Bruno geduzt hatte, so ganz aus Versehen war das passiert, wurde sie ein wenig verlegen und verbesserte sich: „Ich danke Ihnen."

Bruno lächelte, nahm sie in den Arm und küsste sie auf die Wange. Flüchtig. Es fühlte sich an, als ob ein Schmetterling sie gestreift hätte.

„Ich freue mich, wenn du dich freust."

So wurden Bruno und Jana ein Paar.

Doch jetzt stand sie vor ihrem Kalender und hielt es für möglich, dass dieser Mann, von dem sie meinte, mit ihm das Glück gefunden zu haben, diese ekligen Worte da hingeschmiert hatte. Inzwischen hatte sie ihre Brille gefunden und auch eine Ansichtskarte vom Schloss Charlottenburg, auf die Bruno die Worte „Zur Erinnerung an unseren ersten Ausflug", geschrieben hatte.

Jana hatte nach der Trennung von Bruno alles, aber wirklich jedes Stück, was an ihn erinnerte, weggeworfen. Auch alle Ansichtskarten waren im Müllcontainer gelandet. Bruno hatte ihr immer mal einen Gruß in den Briefkasten gesteckt. Einfach so, weil es ihm Spaß machte und weil es schöne Karten waren. Nur die erste Karte hatte sie aufgehoben. Sie wusste nicht, was sie dazu bewog. Bestimmt nicht, um einmal seine Schrift mit der Beleidigung auf dem Kalenderblatt zu vergleichen. So etwas Widerliches hätte sie ihm nie zugetraut, obwohl sie ihm mit der Zeit manches zutraute, manche Kränkung hatte aushalten müssen und auch ausgehalten hatte.

Sie waren noch gar nicht lange zusammen, als sie Brunos besondere Art, seine Schattenseite, wie sie es später nannte, zu spüren bekam. Aus heiterem Himmel geschah es. Heiter im doppelten Sinne. Sie hatten sich eine Ausstellung mit Karikaturen angesehen, lachten noch immer, als sie die sonnige Straße entlang bummelten und erschraken, als plötzlich Regen niederprasselte.

„Schnell, beeile dich, hole den Knirps aus deiner Tasche."

„Den habe ich nicht mit."

„Was? Den hast du nicht dabei?"

„Ich konnte doch nicht ahnen, dass ..."

„Den hat man immer dabei, weil man nicht wissen kann, ob Regen kommt oder die Sonne scheint. Das ist der Sinn eines sehr kleinen Regenschirmes, dass man ihn ohne Mühe stets und immer in der Tasche haben kann und darum für jedes Wetter, für jedes Unwetter gewappnet ist."

In der Manier ging es noch eine ganze Weile weiter. Bruno sprach laut und prononciert. Das Überdeutliche erinnerte an einen Schullehrer, der einem beschränkten Schüler etwas erklärt.

Jana schwieg, bis sie zu Hause waren. Sie begriff nicht, warum so eine Nichtigkeit solchen Aufstand provozieren konnte. Sie begriff es eigentlich nie, denn solche Ausbrüche wiederholten sich. Sie konnte sich auf seine Zornesausbrüche verlassen wie auf die Wiederkehr der Jahreszeiten. Anfangs nur selten, aber in der letzten Zeit verging kein Tag ohne eine Nörgelei. Und deshalb hatte sie es satt, deshalb hatte sie am 1. April vor der Kantine Schluss gemacht.

Jana fragte sich wieder und wieder, wie Bruno in die Küche hatte kommen können, denn er hatte ihr den Schlüssel für die Wohnung wiedergegeben. Allerdings erst nach drei Wochen und auch erst, nachdem sie ihn mit einer Postkarte aufgefordert hatte. Auch das war ihr schwer gefallen, irgendwie peinlich gewesen, aber sie wollte nicht, dass er den Schlüssel behielt.

Hatte Bruno einen Nachschlüssel anfertigen lassen?

„So wird es sein", redete sie vor sich hin, „genug Zeit dazu hatte er ja. Ich brauche ein neues Schloss. Umgehend! Sofort! Ganz schnell! Egal, was es kostet."

Nun egal war es nicht, wenn sie bedenkt, wie knapp sie bei Kasse war. Sie wusste ja, was dieser Schlüsseldienst verlangte.

Sie hatte einmal ihren Schlüssel vergessen. Als es passierte, war sie etwa ein Vierteljahr mit Bruno zusammen gewesen. Auch das brachte ihr damals eine Menge Vorhaltungen. Warum sie nicht einen Zweitschlüssel woanders deponiert hätte, zum Beispiel bei ihm. Wie eine alte Frau so leichtsinnig sein kann, und so weiter, und so fort. Aber dann hatte Bruno den Schlüsseldienst bezahlt, war nicht davon abzubringen gewesen.

Das war die andere Seite von ihm. Seine Großzügigkeit versöhnte sie immer wieder. Doch das war lange her. Jetzt hatte er sein wahres Gesicht gezeigt.

Sie blickte wie hypnotisiert auf den Kalender und die Ansichtskarte. Ihr Kopf ging hin und her. Die Schrift war ähnlich. Da gab es keinen Zweifel. Sie wusste, dass sie etwas unternehmen müsste, wusste aber nicht was. Es ist doch nicht möglich, dass sie sie sich so in einen Menschen täuschen konnte, dass sie so leichtgläubig ist.

Offensichtlich ist es doch möglich, offensichtlich ist sie so ein Idiot. Voller Wut riss sie das Kalenderblatt ab und zerfetzte es kreuz und quer.

Kurz danach klingelte es an der Wohnungstür. Maria stand vor der Tür. Oh, je! Das hatte sie in der Aufregung ganz vergessen. Heute war die Lesestunde. Zweimal in der Woche kam das kleine Mädchen, um bei Jana Lesen zu üben. So auch heute. Schon nach einer Viertelstunde fragte die Kleine: „Dauert es noch lange?"

„Du bist doch gerade erst gekommen?"

„Die anderen sind alle am Müggelsee. Nur ich muss bei dieser Hitze hierher." Und die Kleine stieß wütend mit ihrer Sandale gegen das Tischbein.

„Wenn du nicht mehr kommen willst, musst du das mit deiner Mama klären. Mich brauchst du damit nicht zu behelligen."

Die Kleine guckte erstaunt, denn sie war es nicht gewöhnt, dass Jana barsch mit ihr sprach. Maria kam seit vier Wochen. Widerwillig kam sie, aber ihre Mutter und vor allem der Vater bestanden auf diesem Unterricht. Sie wollten, dass aus dem Kind mal etwas wird.

Gleich nachdem Maria gegangen war, Jana hatte sie nach Hause geschickt, sie war zu durcheinander, um mit ihr zu üben, gleich danach rief sie ihre Freundin an.

„Du musst zur Polizei gehen und Bruno anzeigen. Sofort machst du das", rief Lore, nachdem sie von der Schmiererei gehört hatte. „Und nimm das Kalenderblatt mit!"

„Das habe ich zerrissen."

„Wie denn zerrissen?"

„Na, eben zerrissen."

„Du kannst doch kein Beweismittel zerreißen."

„Mir war das so eklig."

„Kleb' das wieder zusammen. Wie willst du sonst gegen Bruno vorgehen?"

„Ja. Mache ich. Ich klebe es wieder zusammen."

„Und dann zeigst du ihn an."

„Erst brauche ich ein neues Schloss. Das brennt mir mehr unter den Nägeln."

„Ja, das verstehe ich."

„Ich traue mich ja gar nicht aus der Wohnung."

„Ich kenne da jemanden. Der macht das so halb privat und ist nicht so teuer. Den schicke ich dir."

Nun das Problem schien sich zu lösen, aber zur Polizei würde sie nicht gehen.

„Das tue ich mir nicht an", murmelte sie, „auf keinen Fall tu ich mir das an."

Jana stand wieder an ihrem Küchenfenster, starrte in den Sommerhimmel und zog die Schultern zusammen. Schließlich machte sie sich daran, das Kalenderblatt mit der üblen Botschaft wieder zusammen zu kleben.

Eine mühsame Arbeit, denn die Schnipsel waren winzig, und dann flatterten noch ein paar auf den Fußboden. Als sie sich danach bückte, entdeckte sie ein Schulheft, nahm es hoch und sah, dass es Maria gehörte.

Sie schlug das Heft auf und las: „Mein schönster Tag in den Ferien war…"

Weiter las sie nicht, denn Jana sah nur noch die Schrift, eine große Schrift, deren Buchstaben sich leicht nach links neigten.

Wieder stand Jana an ihrem Küchenfenster.

So ist es besser, dachte sie. Es ist nicht gut, aber es ist besser.

EIN STREIT UM EINEN DRITTEN

Der junge Mann schrie laut auf. Es musste verdammt weh getan haben, denn ich hatte meinen Einkaufswagen in seine linke Ferse gerammt. Aus Versehen. Natürlich aus Versehen. Als er sich zu mir umdrehte, er war ein Ausländer, ein Schwarzer aus Afrika, sagte ich: „Oh, excuse me, please, excuse me". Der junge Mann wehrte mit der Hand ab wie: nicht so schlimm, lächelte mich, wenn auch ein wenig verzerrt, an, man müsste eigentlich sagen: lächelte auf mich herunter, denn er war ungewöhnlich groß, bückte sich dann zu seiner Ferse, rieb an ihr herum und schubste dabei seinen Wagen in den Rücken von einem etwas älteren Mann, der allerdings drei Köpfe kleiner war. Es war nur ein winziger Stoß. Doch der etwas ältere Mann zischte ein paar Worte, die wie „verdammter Nigger" klangen. Nun schreckte ich zusammen. Aber da ich nicht sicher war, dass er das Schimpfwort wirklich gesagt hatte, schwieg ich.
Der Zufall wollte es, dass wir drei wieder aufeinander trafen und zwar beim Anstehen an der Kasse. Der Afrikaner stand hinter dem etwas älteren Mann und vor mir. Wir waren der Schluss einer endlos langen Schlange, die nur zögerlich vorwärts rückte.
Zwei Minuten, nachdem wir uns angestellt hatten, ging der große Mann, der also vor mir und hinter dem etwas Älteren seinen Platz hatte, mit samt seinem Wagen noch einmal weg, kam jedoch kurz danach zurück, er hatte sich noch eine Flasche Wasser geholt und reihte sich wieder in die Schlange ein. Allerdings nicht an seinen alten Platz, nämlich hinter dem etwas älteren Mann, sonder davor.
Hm, dachte ich, ganz schön dreist, aber wahrscheinlich hat er den Irrtum gar nicht bemerkt, hat sich in dem

Platz geirrt. Noch während ich das erwog, legte der etwas ältere Mann los: „He, was soll denn das? Vordrängeln gibt es nicht!"

Der große Mann erschrak, verstand aber offensichtlich nicht, was man von ihm wollte und blieb auf dem neuen Platz.

Daraufhin drehte sich der etwas ältere Mann zu mir um und fragte ziemlich laut: „Der da", er zeigte mit seinem Daumen zu dem Schwarzen, „ stand hinter mir. Der hat sich vorgedrängelt. Stimmt's oder stimmt's nicht?"

Ich wusste nicht, was mich ritt, wahrscheinlich dachte ich an den „verdammten Nigger", an diese üble Bemerkung, als ich zu meiner eigenen Verwunderung sagte: „Es stimmt nicht. Er stand auch, bevor er sich das Wasser geholt hat, vor Ihnen."

„Was?", blaffte der Mann. „Sie müssen doch wissen, wo der da stand." Wieder zeigte er mit dem Daumen zu dem jungen Mann.

„Ja", sagte ich, „natürlich weiß ich die Reihenfolge. Sie standen vor mir. Sie samt Ihrem unwahrscheinlich vollen Einkaufswagen. Ich dachte noch, das wird ja ewig an der Kasse dauern."

„Das kann doch alles nicht wahr sein." Der Mann schüttelte seinen Kopf und drehte sich wieder nach vorn.

„Warum regen Sie sich eigentlich so auf?", fragte ich und tippte dem Mann auf die Schulter. „Es ist doch vollkommen egal, ob er vor Ihnen oder hinter Ihnen steht, so wenig wie in seinem Wagen ist. Das ist doch an der Kasse rucki, zucki erledigt."

„Ich bin aus Prinzip dagegen und außerdem: Solche wie die drängeln sich doch überall vor." Er hatte sich wieder zu mir umgedreht.

„Solche wie die? Können Sie das mal präzisieren, was Sie mit ,solche wie die' meinen?"

„Kann ich nicht und vor allem: will ich auch nicht. Was mischen Sie sich hier überhaupt ein?"

„Sie haben mich doch gefragt. Außerdem bin ich ja quasi Zeuge."

Der Mann starrte mich ziemlich fassungslos an und sagte dann: „Sich hier einmischen und dann falsche Sachen behaupten. So jemanden dürften sie hier überhaupt nicht reinlassen."

Das war zu viel. Jetzt wurde auch ich wütend und sagte: „Wahrscheinlich machen Sie so einen Aufstand, weil Sie etwas gegen Ausländer haben."

„Ich soll ausländerfeindlich sein?"

„Ja. Sie!"

„Ich?", schrie der Mann noch mal und schlug mit seiner Hand auf seine Brust. Es war eine Geste wie im Theater. „Haben Sie nicht vorhin bei dem kleinen Schubs mit dem Wagen ‚verdammter Nigger' gesagt?"

„Nigger? Sagten Sie Nigger?"

„Ja. Genau, das sagte ich, beziehungsweise sagten Sie."

„Das habe ich nie gesagt."

„Doch. Haben Sie."

„Habe ich nicht."

„Doch. Ich habe es doch gehört und unser Freund hier bestimmt auch."

„Wie kann jemand nur so stur sein", sagte dann der etwas ältere Mann.

„Wie kann jemand nur so intolerant sein", giftete ich zurück.

Danach guckten wir beide zu dem Menschen, um den es eigentlich ging. Wir sahen nur seinen Rücken. Aufrecht. Abweisend, denn, das war gewiss, der große schwarze Mann wollte diesen Streit am allerwenigsten. Nachdem wir in unserer Schlange endlich ein größeres Stückchen vorgerückt waren, sagte der etwas ältere

Mann, nun mit einer müden Stimme, man könnte auch sagen, die Stimme klang abgekämpft: „Sie wissen doch gar nicht, wer ich bin."

„Das will ich auch gar nicht wissen", antwortete ich und winkte mit der Hand ab. „Denn wer wegen einer Flasche Wasser und zwei Brötchen so einen Aufstand macht, der... Ach, lassen Sie mich doch zufrieden, ich habe genug von Ihnen."

Als ich aus dem Supermarkt kam, sah ich den etwas älteren Mann in ein Auto steigen, das von einer Frau gefahren wurde. Das Auto fuhr langsam an mir vorbei und ich konnte sehen, dass die Fahrerin ein Kopftuch trug. Eigentlich zwei. Ein schwarzes, das straff über den Haaren gebunden war und darüber etwas lockerer ein weißes Tuch mit großen blauen Punkten.

Ich schaute dem Auto lange nach und dachte: Vielleicht hätte ich den Mund halten sollen.

Und dann dachte ich, dass ich das schon oft in meinem langen Leben gedacht habe.

SILVESTER

Zunächst verlief das Abendessen in ihrer Wohnküche wie immer. Horst saß auf der Bank direkt neben dem Fenster, das zum Hof zeigte, und Lindas Platz war an der Querseite von dem Tisch. Von hier kam sie bequem zum Herd oder zum Kühlschrank, wenn vielleicht etwas fehlte wie auch heute, als kein Meerrettich auf dem Tisch stand. Der war bei diesem Essen unverzichtbar, denn es gab Karpfen. Natürlich, schließlich war Silvester, da gab es immer Karpfen. Karpfen in Aspik mit Bratkartoffeln, um es genau zu sagen.

Linda lächelte vor sich hin, fast hätte sie ein Liedchen gesummt, denn das machte sie gern, wenn sie sich wohl fühlte. Der Karpfen war ihr vorzüglich gelungen, und was das Schönste war: Horst hatte vorhin gesagt, wie gut es ihm diesmal schmecken würde. Erst stutzte sie. Was heißt diesmal? Gab es in den Jahren zuvor Einwände? Aber dann schob sie die Bedenken beiseite und freute sich einfach über die Anerkennung, zumal sie ein Lob selten zu hören bekam. Meistens schaufelte Horst das Essen stumm ins sich hinein.

Schon heute Vormittag wurde sie überrascht, als ihr Mann nicht nur die neue Fernsehzeitung mit nach Hause gebracht hatte, sondern auch noch einen Strauß Rosen. Ach, das Leben konnte schön sein und manchmal waren es nur Kleinigkeiten, die es versüßten. Das ging Linda so durch den Kopf, während sie den Schokoladenpudding auf den Tisch stellte, ein Nachtisch, den Horst besonders mochte. Diesmal sagte er nichts, aber Linda merkte, ihr Mann fühlte sich genauso behaglich wie sie. Und weil das so war, getraute sie sich einen Vorschlag zu machen: „Was hältst du davon, wenn wir nachher zu Maxi gehen und bei ihr feiern?"

„Maxi? Wer ist Maxi?"

„Na, die Neue bei uns im Amt. Ich habe dir doch erzählt, dass wir uns ein wenig angefreundet haben."

„Und was sollen wir da?"

„Silvester feiern. In das neue Jahr tanzen. Maxi hat ein paar Leute eingeladen und uns eben auch."

„Wir gehen doch an diesem Tag nie weg".

„Aber wir könnten doch mal. Es ist nicht weit. Sie wohnt direkt über dem Schuhladen, du weißt schon, da wo wir deine Stiefel gekauft haben."

„Ich gehe nicht zu fremden Leuten feiern und schon gar nicht Silvester."

„Aber ich würde mich so freuen. Und Maxi ist besonders nett. Wirklich. Sie wird dir bestimmt gefallen. Ganz bestimmt, Horsti!"

„Nein, das kommt nicht infrage."

„Bitte, Horsti, bitte, mir zuliebe."

„Ich habe nein gesagt! Bist du taub? Nein! Und damit basta!" brüllte Horst und schob seinen Pudding so heftig beiseite, dass er auf die Tischdecke rutschte. Danach holte er eine Cognacflasche aus dem Küchenschrank, füllte ein Schnapsglas randvoll und machte es mit einem Schluck nieder.

Linda starrte erst ihren Mann an, dann den Pudding auf der Tischdecke und schließlich das leere Glas. Als Horst nachfüllen wollte, nahm sie ihm die Flasche aus der Hand und sagte nunmehr ebenfalls ziemlich laut: „Du kannst Silvester alleine feiern!" Dann verschwand sie mitsamt dem Cognac im Schlafzimmer.

Horst blickte seiner Frau hinterher, Die wird sich schon wieder beruhigen, schien er zu denken.

In der Speisekammer fand er eine Flasche Grappa. „Der tut's auch", murmelte er, goss erneut sein Glas randvoll und setzte sich wieder auf die Bank, denn von dort konnte er die Silvesterraketen in den Himmel stieben sehen. Doch öfter als zu dem Fenster, blickte er zu der Schlafzimmertür, lauschte, aber es war nichts zu hören. Was die da wohl machte? Wollte sie da den ganzen Abend bleiben? Er sah zur der Uhr über der Spüle. Schon nach neun.

Ob ich den Fernseher anmache? Dazu hatte er keine Lust. So alleine vor der Glotze sitzen und das an diesem Abend. Nein, das war nichts. Da blieb er lieber in der Küche. Schon deshalb, weil er die Schlafzimmertür im Blick behalten wollte, denn er war ganz schön irritiert, wusste nicht recht, wie er sich verhalten sollte. War ich ein bisschen zu barsch, fragte er sich, wenn auch widerstrebend. Er war nicht jemand, der ohne weiteres gewillt war, eine Schuld einzugestehen.

Vielleicht sollte ich zu ihr gehen und er ging tatsächlich bis zu der Tür, wollte schon die Klinke herunterdrücken, da rumste es gegen das Küchenfenster. Eine Rakete hatte sich verirrt.

Blitzschnell war er am Fenster, riss es auf und sah nach, ob etwas passiert war. Er fand nichts, brüllte trotzdem zum Hof hinunter, dass sie gefälligst aufpassen sollten, wohin sie ihr Teufelszeug schießen. Natürlich hörte ihn keiner, stattdessen knallte es wieder. Knallen ist untertrieben. Es dröhnte wie ein Kanonenschuss.

Horst ging schnurstracks zum Schlafzimmer, riss die Tür auf und sagte wiederum mit erheblich lauter Stimme: „Bei dieser Knallerei willst du weggehen und die Wohnung alleine lassen? Das wäre doch unverantwortlich! Das musst du doch einsehen, oder? Schließlich…"

Doch was er schließlich wollte, sagte er nicht, denn was er da zu sehen bekam, verschlug ihm die Stimme. Auf dem Läufer vor der Wäschekommode lag die Cognacflasche. Es fehlte nicht nur ein Schluck. Seine Frau war nicht in ihrem Bett, sondern in seinem und sie schnarchte, wie er es noch nie bei ihr gehört hatte.

Er betrachtete dieses ungewohnte Bild eine Weile, hob dann die Flasche auf, machte die Schlafzimmertür zu, leise schloss er sie, fast behutsam und setzte sich wieder auf seinen Platz direkt neben dem Fenster zum Hof.

Horst wusste nicht, was er machen sollte. Mit seiner Frau war heute Abend nicht mehr zu rechnen. So war es wohl.

Seit sie verheiratet waren, und das waren sie schon ein Weilchen, hatte er noch nie Linda in so einem Zustand gesehen und auch das stand fest: noch nie hatte er in all den Jahren ohne Linda Silvester verbracht.

Horst füllte abermals sein Glas. Diesmal mit Cognac. Den Grappa schob er zur Seite. Jetzt war es schon halb elf.

„Was mache ich bloß?", murmelte er. „Was mache ich bloß?" Er starrte aus dem Fenster, ohne auf die Silvesterraketen, die jetzt immer häufiger vorbei flogen, zu achten. Sein Glas Cognac hatte er noch nicht angerührt. Ihm war die Lust darauf vergangen.

Lange saß er da auf seinem Platz neben dem Küchenfenster, schaute mal zu den Raketen und mal zu der Schlafzimmertür. Als er wieder mal dahin und dorthin sah, fiel sein Blick auf seine Stiefel, die neben der Garderobe standen.

Plötzlich wusste er, was er machen wird. Er wird zu dieser Maxi gehen. „Schließlich hat die uns eingeladen", sagte er irgendwie trotzig, so als wollte er sich selber überzeugen.

Den Einfall fand er derart erstaunlich, dass er doch noch den Cognac trank. Es war nun schon das vierte oder fünfte Glas, auf jeden Fall war es zu viel. Das merkte er, als er aufstand. „Nun die kalte Luft draußen wird mich wieder nüchtern machen", tröstete er sich.

Obwohl die Silvesterknaller immer öfter zu hören waren, kümmerte ihn das nicht. Seine Bedenken um die Obhut der Wohnung waren abhanden gekommen. Nach ein paar Gläsern nimmt man die Welt viel leichter. So ist es halt.

„Ich bin Horst", sagte er zu der Frau, die ihm die Tür aufgemacht hatte und gab ihr den Rosenstrauß, der aus seiner Küche stammte.

„Aha." Die Frau sah ihn ein wenig verwundert an.

„Ich möchte zu Maxi."

„So, so."

„Ich bin Lindas Mann."

„Ach, du bist Horsti. Warum sagst du das nicht gleich?" Maxi machte die Tür weit auf und ließ Horst eintreten und schaute dann in das Treppenhaus.

„Wo ist denn Linda?"

Horst zog seinen Mantel aus. Es war so peinlich. Ihm war auf dem Weg hierher nichts Gescheites für Lindas Abwesenheit eingefallen.

„Ja, Linda", dehnte er das Wort in die Länge, „sie bedankt sich für die Einladung. Das sollte ich unbedingt sagen. Sie wollte, dass ich alleine hierher gehe. Ihr war nämlich nicht gut. Sie liegt schon im Bett." Letzteres stimmt sogar, dachte Horst, und fummelte immer noch an seinem Mantel herum, um nicht weiter reden zu müssen.

„Was fehlt ihr denn?" Von der Antwort blieb Horst verschont, da zwei Männer in den Flur stürmten: „Maxi, wo steckst du denn. Wir wollen mit dem Bleigießen anfangen."

In dem großen Wohnzimmer waren mindestens zwanzig Leute. Horst schaute sich um, entdeckte eine Kollegin von Linda, aber sonst kannte er niemanden. Irgendwer drückte ihm ein Glas Sekt in die Hand und zeigte zu einem Sessel: „Mach es dir dort gemütlich, Alterchen."

Horst schrak zusammen. Alterchen? Er schaute sich um. Zugegeben, die meisten hier waren jünger. Aber ein Alterchen war er mit seinen zweiundsechzig Jahren bestimmt noch nicht. Das klang fast wie eine Beleidigung. Er dachte an Linda. Die würde nie Alterchen zu ihm sagen. Selbst wenn er hundert wäre, sagte sie höchstens Horsti, was er auch nicht so richtig leiden konnte, aber nie und nimmer Alterchen.

Er fühlte sich zwischen den vielen Menschen einsam wie lange nicht. Was war bloß heute Abend schief gegangen? Er verstand es nicht. Und Linda würde es bestimmt auch nicht verstehen.

Der Sessel war bequem. Es war ein Ohrensessel, so einer, der auch den Kopf stützt. Solchen Sessel sollten sie sich auch zulegen. Das wird er Linda gleich morgen sagen. Sie wollte sowieso schon seit langen, dass eine neue Couchgarnitur angeschafft wird. Doch er hatte sich immer gesträubt. Horst schaute auf seine Uhr. Zwanzig vor Zwölf. Kein Wunder, dass er müde war.

„Wach auf, Horst, wach auf. Gleich beginnt das neue Jahr."

Jemand rüttelte ihn ein wenig. Der Jemand war Linda.

„Als ich aufwachte, warst du nicht da", sagte sie ihm, „und der Rosenstrauß war auch weg. Ich verstand das alles nicht."

Sie schaute Horst an, erwartete eine Erklärung. Aber er sagte nichts.

„Na, ja alleine wollte ich nicht bleiben, nicht Silvester. Und da dachte ich, da gehe ich eben zu Maxi. Und nun bin ich hier."

„Ja", sagte Horst, „nun bist du hier", und er lächelte sie an, nahm ihre Hand in die seine und sagte dann: „Ich

48

bin froh, dass du da bist. Ich kann mir nicht erklären, was heute Abend mit uns passiert ist."

Linda zog ihre Hand zurück: „Ich schon."

Ein junger Mann kam mit einem Tablett voller Sektgläser: „Hier, nehmt euch ein Glas. Gleich ist es soweit."

Im Hintergrund begannen die Leute zu zählen.

„10, 9, 8…"

Horst stand auf und umarmte seine Frau.

„Komm, mein Mädchen, komm, gleich beginnt das neue Jahr."

Eine Entschuldigung brachte er nicht zustande, aber etwas Ähnliches schon: „Sieh mal, dieser bequeme Ohrensessel. So einen Sessel kaufen wir uns. Zwei kaufen wir. Für jeden einen und eine Garnitur gleich noch dazu."

Linda schaute ihren Mann an, und dann lächelte sie ein ganz klein wenig.

WUNDERSAME GESCHICHTEN

Es war im Winter. Das weiß ich deshalb, weil es diesen Grünkohl zum Mittagessen gab, den ich nicht mochte. Wir saßen nach dem Essen noch beisammen, sprachen über dies und das, und dann muss ich wohl von der Schule erzählt haben, denn es fiel der Name Nightingale, Florence Nightingale, die als erste Krankenschwester in die Geschichte eingegangen ist.

Meine Großmutter hörte zu, was wir so redeten, schaute von einem zum anderen und sagte plötzlich zu mir: „Das weißt du bestimmt nicht, dass diese Miss, die so berühmt wurde, dass noch heute die Kinder in der Schule von ihr hören, als Krankenschwester bei deinem Ur-Urgroßvater arbeitete und unter seiner Obhut ihr gutes Werk tat."

Ich war beeindruckt. Immer erzählte sie so Wundersames.

Mein Vater verdrehte die Augen, meine große Schwester guckte skeptisch und meine Mutter begann, den Tisch abzuräumen. Ich dagegen glaubte jedes Wort. Schließlich war ich damals erst acht oder neun Jahre alt. Ich liebte meine Großmutter gerade deshalb, weil sie immer solche Geschichten erzählte. Keine Märchen, nein. Wahre Geschichten. Sie waren viel zu schön, um sie nicht zu glauben.

Meine Großmutter war bei uns zu Besuch. Sie kam einmal im Jahr und blieb immer vier Wochen, manchmal ein paar Tage länger, aber das war eher selten. Mein Vater fand die Zeit mit seiner Schwiegermutter anstrengend. Meine große Schwester meinte, die Großmutter wäre nun recht alt und man muss nicht alles so ernst nehmen, was sie da erzählte. Meine Mama äußerte sich nie. Sie mochte ihre Mutter so, wie sie war. Eine selbstbewusste, ziemlich kapriziöse Frau. Charmant, aber auch stressig, wie man heute sagen würde.

Ich schwärmte für Ganny, denn so nannten wir sie. Meine Großmutter war Engländerin, deshalb sollte ich Granny, also Oma, zu ihr sagen, aber ich sagte, warum auch immer, Ganny. Und letztlich setzte sich dieser Name in der Familie durch.

Wir saßen also bei Tisch und Ganny erzählte noch immer von diesem Urahn. Sir Hall war Militärarzt im Krimkrieg. Die Engländer kämpften gegen die Russen, es ging wohl um das Osmanische Reich. Das alles passierte in der Mitte des 19. Jahrhunderts, aber meine Großmutter schilderte es so anschaulich, als wäre sie dabei gewesen.

Zum Schluss riet sie mir, das eben Gehörte morgen in der Schule zu erzählen, dann würden meine Freundinnen bestimmt staunen.

Aber sie staunten nicht, sondern lachten mich aus, meinten, meine Oma wäre verrückt und sie wollten davon nichts mehr hören. Ich war gekränkt, weinte und suchte Trost bei Ganny. Den bekam ich nicht. Im Gegenteil. Sie hielt mir vor, ich hätte mich nicht gewehrt. Und dann kamen solche Ratschläge wie: Du darfst dir nie etwas gefallen lassen und als Mädchen schon gar nicht. Vertritt deine Meinung, egal, was andere sagen, egal, ob sie es hören wollen oder nicht. Du wirst sehen: so kommst du am besten durch das Leben." Natürlich weiß ich all dies, was damals gesprochen wurde, nur sinngemäß, denn es ist schließlich sehr lange her, aber vergessen habe ich es nie.

Zum Schluss sagte sie dann wieder so etwas, das man in der Schule verrückt finden würde. Sie sagte: „Unsere Familie stammt von den Kelten ab. Und die waren stolz, unabhängig und rachsüchtig. Das bedenke immer. Nun überlege, wie du dich für die Kränkung rächen kannst."

Ob ich mich damals gerächt habe, weiß ich nicht mehr, aber dass mir diese Sprüche gefielen, das weiß ich schon noch.

Nun mit der Abstammung von den Kelten hätte man zu dieser Zeit mit ihrem Germanenkult mehr hermachen können als mit einer englischen Großmutter. Ganny lebte in Prag. Sie hatte Deutschland verlassen, als Mister H., wie sie Hitler nannte, das Sagen bekam. Als Prag auch unsicher wurde, siedelte sie in den belgischen Kurort Spa über. Bald danach überfielen die Deutschen auch dieses Land. Nunmehr war sie alt und krank und konnte nicht mehr entkommen. Wenige Wochen nach der Okkupation starb Ganny an einer Lungenkrankheit. Der Tod war ihre Rettung, sagte man in unserer Familie, denn sie wäre mit Gewissheit interniert worden.

Meine Mutter versuchte, wenn auch gewiss behutsam, meinen Glauben an Gannys unendliche Geschichten ein wenig ins Wanken zu bringen. „Erinnerungen", erklärte sie mir, „Erinnerungen spielen alten Leuten manchmal einen Streich und ähneln dann mehr Erfindungen."

Wieso Erfindungen? Das wollte ich natürlich nicht hören. War etwa meine Lieblingsgeschichte auch nur ein Phantasiegebilde?

Bei ihr ging es wiederum um den Militärarzt aus dem Krimkrieg, diesen Ur-Urgroßvater. Zu ihm kam eines Tages ein hoher Offizier und erbat die besondere Sorge für einen Leutnant, den er nicht genug rühmen könne. Kein anderer kämpfte so aufopferungsvoll, so mutig, so erfolgreich. Seine Soldaten liebten ihn wie einen Vater, obwohl er noch jung an Jahren war. Nie hat ihn jemand herumbrüllen hören, wie es doch allerorts bei den Soldaten üblich war. Er verzichtete bei Vergehen auf drakonische Strafen und dennoch waren seine Soldaten besonders diszipliniert und gehorsam. Sie wären ihm ergeben bis zum letzten Blutstropfen. Nun sei das Furchtbare passiert, der junge Leutnant wurde im Gefecht verwundet und brauche ärztliche Hilfe. Selbstverständlich versprach mein Urahn, sein Möglichstes zu tun.

Als er den jungen Mann mit gebotener Sorgfalt untersuchte, glaubte er, seinen Augen nicht trauen zu können. Der junge Mann, dieser Tapferste aller Tapferen, war eine Frau. Eine sehr junge Frau. Sie bat meinen Urahn innigst, sie nicht zu verraten. Mein Ahne schwor bei allen Heiligen, die ihm in den Sinn kamen, dieses Geheimnis für immer zu bewahren. Als Dank für seine Verschwiegenheit schenkte ihm die junge Frau eine Bernsteinkette, die in gelbbraunen Farben leuchtete.

Die Leutnantsfrau ward genesen und vollbrachte noch große Taten.

Es wird niemanden überraschen, dass meine Großmutter Ganny, als sie mir diese wundersame Geschichte erzählte, eine gelbbraun leuchtende Bernsteinkette um den Hals trug.

VERSCHOBENE VORSÄTZE

„Es ist ein leichter Tag, und die Sonne steht schräg über der Ebene."

Lilo las den Satz schon zum zweiten Mal. Er prangte in leuchtend gelben Buchstaben auf einer heruntergelassenen Jalousie. Sie stand vor dem Haus in der Gerberstraße Nr. 5, wo eigentlich ein Antiquariat sein sollte, aber nicht war und entdeckte stattdessen diesen merkwürdigen Satz mit der Sonne über der Ebene. Welche Ebene eigentlich? Sie sah nur ein Häusermeer.

Warum war dieser Satz auf das vergammelte Rollo gesprüht worden? War es ein Abschiedsgeschenk des Buchhändlers? Ich könnte den Text für Harald abschreiben, fiel ihr schließlich ein, vielleicht inspiriert ihn das zu einem neuen Lied für seinen Chor. Er freut sich doch immer, wenn ich ihm eine Anregung mitbringe. Also schrieb sie die Zeile ab und stopfte den Zettel in ihre Handtasche.

Zuhause fand Lilo eine leere Wohnung vor, was sie ein wenig verwunderte, denn hatte Harald nicht gesagt, seine Chorprobe wäre heute früher?

Der Ehemann kam erst eine Stunde vor Mitternacht. Die Erklärung für seine Verspätung war ziemlich vage, aber Lilo nahm das Ganze nicht so wichtig. Kann ja mal vorkommen, oder?

Eine Woche danach kam ihr Mann abermals so spät. Dieses Mal hörte sie bei der Erklärung etwas genauer hin. Wieder hatte der Chor bis in die Nacht geprobt, wieder hatte die Auswertung danach so lange gedauert. So, so , dachte Lilo. Und mit wem hat er das Gesinge ausgewertet? Ihr Mann sang in einem gemischten Chor. Beim dritten Mal war es da, das Pflänzchen Misstrauen. Und so ganz klein war es auch nicht mehr. Es war schon

Mitternacht und ihr Mann war immer noch nicht zu Hause. Sie waren seit zehn Jahren verheiratet. Bis jetzt herrschte zwischen ihnen blindes Vertrauen. Misstrauen gegen den anderen kannten sie nicht. Bis jetzt. Bis heute. Lilo ertappte sich dabei, dass sie auf Geräusche im Treppenhaus lauschte. Als jemand die Treppe hoch kam, stand sie hinter der Wohnungstür. Doch dann hörte sie es nebenan in der Nachbarwohnung schließen. Ihr kam das unwürdig vor, wie sie sich verhielt, so hinter der Tür zu horchen. Aber sie kam nicht dagegen an. Ihr Misstrauen vereinte sich mit Eifersucht.

Aber auf wen? Mit wem traf sich Harald? Sie kannte die Frauen aus dem Chor. Bei manchen Gastspielen war sie mitgefahren. In den letzten Monaten allerdings nicht. Das fiel ihr erst jetzt auf. Da gab es immer irgendwelche Schwierigkeiten. Mal mit dem Quartier, mal mit den Terminen. Eigentlich waren in den letzten Monaten ziemlich oft Gastspiele gewesen. Mehr als in den anderen Jahren. Plötzlich dachte sie: Vielleicht waren das gar keine Gastspiele?

„Na, das kläre ich", beschloss sie. „Sofort, wenn er heimkommt, frage ich ihn. "

Lilo saß nunmehr im Wohnzimmer auf dem Sofa in ihrer Lieblingsecke, starrte auf den Fernseher, ohne recht mitzubekommen, um was es in dem Film ging. Als ein Frauenchor auftrat, drückte sie hastig auf die Aus- Taste. So hastig, dass die Fernbedienung vom Tisch rutschte und unter das Sofa schlitterte. „Und ob ich ihn frage, und ob ich ihn frage", drohte sie immer wieder, während sie nach dem Gerät tastete.

Danach ging sie in die Küche und kochte sich Kakao. „Ich darf mich nicht verrückt machen", redete sie sich zu, Harald würde ihr doch sagen, wenn da was wäre. Eine heimliche Affäre, nein, das konnte sie sich nicht vorstellen. Aber das er so oft so lange wegblieb, das konnte sie sich ja auch nicht vorstellen und genau das passierte jetzt schon zum hundertsten Mal.

Den Kakao ließ sie stehen. Stattdessen trank sie einen Wodka. Sie schüttelte sich, so abscheulich schmeckte der morgens um Zwei. Vielleicht schmeckt der zweite besser. Als sie bei dem vierten Wodka war, hörte sie es schließen.

„Wir müssen reden. Reden müssen wir." Lilo lag auf dem Sofa und hatte nur diesen einzigen Gedanken.

„Du bist ja betrunken. Wenn du wieder nüchtern bist, können wir reden."

„Nein, sofort", murmelte sie, „sofort, auf der Stelle." Lilos Stimme wurde immer leiser und dann war sie eingeschlafen.

Am nächsten Abend brachte Harald einen Kollegen mit nach Hause. Erst hatten die beiden noch etwas zu arbeiten, es ging um eine Statistik für Haralds Betrieb, doch dann, als sie beim Abendbrot beisammen saßen, wurde es ein heiterer Abend. Der Kollege erzählte von seinem Skiurlaub, bei dem alles schief gegangen war, was nur schief gehen konnte. Kein Schnee, ein ungemütliches Quartier und zu aller letzt hätte er sich mit seiner Freundin überworfen. Er schilderte seine Missgeschicke so ulkig, dass sie gar nicht mehr aus dem Lachen kamen, obwohl es doch mehr zum Weinen war. Irgendwann wurde Lilo müde, schließlich war die letzte Nacht kurz gewesen, und so ließ die Männer alleine und ging zu Bett. Wir haben immer noch nicht geredet, dachte Lilo beim Einschlafen. Nun, morgen ist auch noch ein Tag, tröstete sie sich.

Aber am nächsten Abend war dieser Theaterbesuch, der schon lange geplant war. Die Karten für „Othello" hatten ihnen die Schwiegereltern zu ihrem zehnten Hochzeitstag geschenkt. Ausgerechnet „Othello", wo es um Eifersucht geht, dachte Lilo, als sie vor ihrem Kleiderschrank stand und überlegte, was sie anziehen könnte. Harald hatte es gern, wenn sie sich schön machte. Aber sie machte sich heute nicht schön, schob das neue Kleid beiseite und zog einen Rolli an und dazu ihre Cordhose. Beides schwarz. Der einzige Schmuck war eine Korallenkette. Mehr hat er nicht verdient, dachte sie ein wenig schadenfroh. Als sie in ihrer Handtasche nachsah, ob sie auch die Eintrittskarten eingesteckt hatte, mit Harald würde sie sich erst am Theater treffen, fand sie den Zettel mit dem merkwürdigen Satz von dem leichten Tag und der Sonne über der schrägen Ebene. „Den hat er auch nicht verdient", rief sie und zerriss den Zettel in tausend Schnipsel.

Gegen Elf waren sie wieder zu Hause. Lilo saß in ihrer Lieblingsecke auf dem Sofa und wartete auf den Sekt. Immer wenn sie spät nach Hause kamen, tranken sie noch ein, zwei Gläser. Sie hörte den Knall von dem Korken. Gleich würde Harald mit der Flasche kommen.

„Jetzt können wir reden", entschied sich Lilo, „jetzt geht es."

Als Harald ihr den Sekt reichte, dabei lächelte und schließlich sagte: „Das war ein schöner Abend heute, nicht?" Da lächelte Lilo ebenfalls und sagte: „Ja, das war er. Er war schön."

Mehr sagte sie nicht, denn warum, schoss es ihr durch den Kopf, warum sollte sie die heitere Stimmung verderben? Es reicht, wenn wir morgen reden, morgen aber bestimmt.

ENGELBERTS DAMEN

Der Wirt steckte seinen Kopf durch die Luke und rief dem Koch zu: „Die Damen sind da."

Danach ging er Marga und Ruth entgegen und führte sie zu ihrem Stammplatz neben dem großen Fenster, denn von dort hatten sie den schönsten Blick auf den Steinsee. Nicht, dass der Wirt so viel Höflichkeit jedem Gast zukommen ließ, gewiss nicht, wo käme er da hin, besonders in der Sommerzeit, wenn kein Platz leer blieb. Aber jetzt im späten Herbst erfreute es ihn, die beiden Damen, wie er Marga und Ruth nannte, zu verwöhnen. Sie gefielen ihm. Er hatte erst heute Morgen zum Koch gesagt: „Die beiden sind nicht wie jeder. Die haben etwas besonderes. Meine Frau hätte gesagt, sie sind vornehm."

„Vornehm? Ich weiß ja nicht, was an denen vornehm sein soll."

Der Wirt ging auf das Gerede des Kochs nicht ein. Der junge Kerl hatte doch keine Ahnung von wirklicher Lebensart. Seine Frau, wenn sie noch da wäre, die hätte gleich verstanden, was er meinte. Aber sie war nicht da. Seitdem hatte er diesen jungen Menschen in der Küche, der zwar nicht schlecht kochte, aber keinerlei Menschenkenntnis zeigte. Ein ziemlich unbedarftes Kerlchen.

Marga und Ruth hatten natürlich längst mitbekommen, dass der Wirt ihnen zugetan war. Es gefiel ihnen, wenn sie auch seine kleinen und manchmal etwas unbeholfenen Schmeicheleien ein wenig abtaten. Dennoch, wer hört nicht gerne ein freundliches Wort über die Frisur oder die Augenfarbe? Und wenn man auf die Sechzig zugeht, allemal.

Die beiden Frauen waren schon oft zusammen verreist. So oft, dass ein Zählen Mühe bereiten würde. Marga und

Ruth kannten sich seit ihrer Schulzeit. Beide wurden in dem Salon Fuchs als Schneiderinnen ausgebildet. Seitdem arbeiteten sie dort. Frau Fuchs, die Chefin des Salons, merkte bald die jeweiligen Vorzüge ihrer Lehrlinge. Ruth war ein wenig langsam, aber ungemein gewissenhaft und arbeitete penibel und korrekt. Bei Marga ging alles ziemlich flott. Bei ihr war es angebracht, die Arbeiten zu kontrollieren. Trotzdem gab Frau Fuchs der phantasiebegabten Marga den Vorzug. Einige Kunden hatten es gern, wenn Marga einen letzten Blick auf ihre Kleider, Röcke, Blusen warf und durch kleine Änderungen, etwa andere Knöpfe, einen runden Kragen, einer zusätzlichen Falte dem Ganzen den rechten Chic gab. Dieses Jahr hatten die beiden Frauen zum ersten Mal eine Ferienwohnung. Obwohl eine Küche da war, gingen sie jeden Mittag in das Restaurant am Steinsee, das sie am ersten Tag entdeckt hatten und das ihnen zusagte. Früh und abends aßen sie zu Hause, denn das Lokal hatte nur über die Mittagszeit geöffnet. Es bot jetzt im Herbst eine karge Speisekarte. Doch der Wirt ging auf individuelle Wünsche ein. Gab es zum Beispiel Blumenkohl mit Reis und Spiegelei, dann wollte Ruth doch lieber Kartoffeln haben. So war sie es seit eh und je gewöhnt. Wenn sie ihr Altbewährtes verlangte, dann pflegte Marga zu sagen: „Was der Bauer nicht kennt, das frisst er nicht". Solche Bemerkungen passten Ruth nicht. Aber sie hatte es längst aufgegeben, sich gegen die schnellen Sprüche ihrer Freundin zu wehren.
So war es auch heute. Der Wirt empfahl ihnen die Kürbissuppe mit Curry. Marga war sofort dafür, doch Ruth entschied sich für die Hühnerbrühe als Vorspeise.
„Und was haben die Damen heute Nachmittag vor?" fragte der Wirt, der übrigens Engelbert hieß, als er das Pflaumenkompott zum Nachtisch brachte.

„Wir wollen nachher in die Stadt fahren, vielleicht in das Heimatmuseum gehen."

„Na, so was. Ich habe dort heute auch zu tun. Da können Sie mit mir fahren, brauchen nicht den Bus zu nehmen." Also verabredeten sie sich für drei Uhr. Natürlich saß Marga vorne neben dem Wirt. Immer, wenn sie irgendwo hinfuhren, saß Marga vorne und Ruth auf dem Rücksitz. Ihr war das recht, dann brauchte sie nicht für Unterhaltung zu sorgen, konnte ihren Gedanken nachgehen, aus dem Fenster sehen, hatte ihre Ruhe. Außerdem hatte sie längst bemerkt, dass es so war, wie es immer war. Der Wirt hatte nur Augen für Marga. Wenn er etwas erzählte, sprach er nur in Margas Richtung, gab es eine Frage, dann fragte er sie. Marga schien das gar nicht zu bemerken oder hielt es für selbstverständlich, so wie sie auch im Salon immer zurate gezogen wurde, wenn eine Kundin einen besonderen Wunsch hatte. Wenn es dann ans Umsetzen ging, wenn der kleine Pelzstreifen auf den Kragen genäht werden musste, dann gab man ihr den Auftrag. Denn so etwas Kniffliges zu nähen, das lag Marga weniger. Wurde dann ein paar Tage später das Kleid mit dem raffinierten Kragen abgeholt, überhäufte die Kundin wiederum Marga mit Lob, steckte ihr ein Extradankeschön zu. Doch das darf nicht unerwähnt bleiben, Marga übergab solche „Dankeschöns", wie die beiden die Trinkgelder nannten, sofort Ruth, denn diese Extras kamen in ihre Reisekasse. So finanzierten sie ihren Urlaub. Ihr Reisegeld verwaltete stets Ruth, denn bei ihr war es sicher wie „auf der Bank von England." So erklärte es Marga ihrem Kraftfahrer Engelbert, als sie nach dem Museumsbesuch in dem Café am Markt saßen. Als er die beiden Frauen abgeholt hatte, er stand schon vor der „Heimatstube", als sie herauskamen, hatte Marga gefragt: „Schon alles erledigt?"

„Ja, ja", sagte er eifrig.

„Na, dann können wir doch noch einkehren und wissen Sie was? Wir laden Sie ein. Schließlich haben Sie uns hierher gekutschiert."

Das war ihr wohl in dem Augenblick eingefallen, so wie sie immer plötzliche Einfälle hatte, denn Ruth blickte genauso erstaunt wie der Wirt.

Abends, als sie in ihrer Wohnung beisammen saßen, sagte Marga plötzlich:

„Der hatte gar nichts in der Stadt zu tun".

„Wer? Wen meinst du denn?"

„Na, unseren Engelbert. Der wollte mit uns einen Ausflug machen und da hat er irgendein Treffen vorgeschoben."

„Wie kommst du denn auf so was?"

„Ich weiß das. Ich habe dafür ein Gespür. Mit so was irre ich mich nicht."

Nun ,vor ein paar Jahren hatte ihr Gespür sie verlassen. Sie verliebte sich in einen Mann, zog mit ihm zusammen, dachte schon ans Heiraten. Doch als eines Tages die Ehefrau mit drei Kindern vor der Wohnungstür stand, war es mit der großen Liebe vorbei. Seitdem lebte Marga alleine und Ruth sowieso.

Am nächsten Tag beim Mittagessen, nachdem der Wirt ihnen die Speisekarte gebracht hatte und dann wieder hinter die Theke gegangen war, sagte Marga unvermittelt, wie sie solche Bemerkungen immer machte: „Ich möchte wissen, wo seine Frau steckt, warum die nicht hier ist."

„Wieso soll die irgendwo stecken? Ich dachte, seine Frau ist tot."

„Das glaube ich nicht. Da würde er anders über sie reden."

„Wie würde er denn dann reden?"

„Na, eben anders."

„Nein, die Frau ist tot. Die ist gestorben."

„Wir können ja mal auf den Friedhof gehen und nachsehen."

„Wir können doch nicht den ganzen Friedhof abklappern."

„Der wird nicht so groß sein bei den paar Einwohnern hier. Das können wir gleich heute Nachmittag machen."

Am Nachmittag kamen sie aber nicht dazu, denn der Wirt lud sie zu einem Ausflug ein. Diesmal ohne den Vorwand, etwas Geschäftliches erledigen zu müssen:

„Was halten die Damen von einer Dampferfahrt zum anderen Ufer?"

„Dahin, wo es die vielen Kraniche gibt?"

„Genau dahin."

Als sie am nächsten Mittag in das Restaurant kamen, herrschte große Aufregung. Der Koch hatte sich mit der Brotmaschine in den Daumen geschnitten.

„Es ist der rechte Daumen. Der rechte!", erklärte der Wirt und hielt seinen rechten Daumen in die Höhe.

„Warum kann es nicht der linke sein, wenn es schon sein muss? Immer passiert dem so was. Der reinste Tollpatsch. Bei meiner Frau kam so etwas nie vor."

Er hatte den Koch notdürftig verarztet und dann zum Doktor geschickt. Nun stand er alleine da.

„Ich kann doch nicht gleichzeitig in der Küche und im Restaurant sein."

Nein, das konnte er wirklich nicht. Diesmal war Ruth schneller: „Dann gehen wir in die Küche."

„Wohin sollen wir gehen?" rief Marga.

„Wohin wollen Sie gehen?" fragte der Wirt. Es klang wie aus einem Munde.

„Sie servieren und kassieren hier im Restaurant, und wir kümmern uns um das Essen in der Küche."

„Ich weiß ja nicht", murmelte Marga, folgte aber Ruth, wenn auch ziemlich langsam.

„Ohne Schürze mache ich gar nichts", bockte sie noch einmal auf.

„Das ist kein Problem. Die Schürzen von meiner Frau sind ja noch da."

Zwei Stunden später war der letzte Gast versorgt. Marga stand an der offenen Küchentür und band sich langsam die Schürze ab.

„Wenn wir das im Salon erzählen, glaubt das uns kein Mensch", rief sie Ruth zu, die noch immer durch die Küche wirbelte. Jetzt leerte sie grade den Geschirrspüler, vorher hatte sie alle Tische abgewischt, die Herdplatten gewienert und im Kühlschrank ein wenig Ordnung geschaffen.

Bald danach saßen sie mit dem Wirt an dem Tisch mit dem schönen Blick zum Steinsee. Als sie mit Sekt auf die getane Arbeit anstießen, sagte Marga: „Eigentlich könnten wir uns nach diesem Großeinsatz jetzt duzen. Also ich heiße Marga und meine Freundin heißt Ruth und Sie, nein, du bist Engelbert, nicht?"

Marga blickte vergnügt in die Runde, denn nun war sie wieder obenauf, nun hatte sie wieder das Sagen.

„Na, dann hole ich mal noch ein Fläschchen. Das müssen wir wohl extra begießen."

Später sagte der Wirt, er guckte dabei Ruth an: „So geblitzt hat meine Küche schon lange nicht mehr. Der Koch wird sie gar nicht wieder erkennen. Ich bin dir sehr dankbar." Von Marga war keine Rede.

Am nächsten Mittag empfing sie der Wirt mit den Worten: „Der Koch ist wieder da. Also keinen Küchendienst mehr." Er lachte ein wenig und fügte dann noch hinzu: „Bestellt Euch, was Ihr wollt. Ab heute seid Ihr immer meine Gäste." Als er die Speisekarte holen wollte, hielt ihn Ruth am Arm fest: „Da ist ein Riss! Du hast Dir die Jacke aufgerissen."

„Ja, ja", sagte er, „ich bin vorhin hängengeblieben. Das alte Ding wird sowieso bald ausrangiert."

„Wieso? Das ist doch eine schöne Jacke."

„Mit dem Riss?" Der Wirt hielt ihr den Arm hin.

„Den kann ich flicken."

„Das kann ich nicht verlangen."

„Doch, doch", sagte Ruth. „Es ist keine große Sache."

Marga schaute von einem zum Anderen, sagte aber nichts. Jedenfalls jetzt noch nichts. Das passierte auf dem Nachhauseweg:

„Du legst dich ja ganz schön ins Zeug für unseren Engelbert."

„Warum denn nicht? Er ist doch nett."

„Erst räumst du ihm die Küche auf, als ob Frühjahrsputz wäre und jetzt bringst du seine Garderobe auf Vordermann."

„Wie du immer redest. Man kann doch mal ein bisschen helfen. Das ist doch nur ein Klacks."

„Ein ziemlich großer Klacks, würde ich sagen."

„Du warst auch ganz schön vorschnell. Wieso mussten wir uns gleich duzen?"

„Das bot sich so an."

„Ach, das bot sich so an. Vorher mit mir reden, das ging wohl nicht."

„Wenn sich etwas so anbietet, hat man keine Zeit, vorher zu reden. So ist das nun mal. Dann muss man gleich zuschlagen."

„Ja, ja, du mit deinen Ausreden."

Auch an diesem Nachmittag lud Engelbert seine beiden Damen ein: „Ich bin so froh, wenn ich hier mal rauskomme", sagte er zur Begründung. „Ihr tut mir einen Gefallen, wenn ihr mit mir fahrt."

„Wenn das so ist", sagte Marga, „kommen wir gerne mit." Als sie sich, wie gewohnt, neben Engelbert setzen wollte, sagte der: „Vielleicht will Ruth mal vorne sitzen." „Ruth?", fragte Marga einigermaßen verblüfft. „Die sitzt doch immer hinten."

„Das stimmt schon. Aber ich dachte, sie könnte auch mal…"

„Ja, ja", sagte Marga, „ich habe schon verstanden", und rief Ruth zu, die grade kam: „Engelbert will, dass du dich neben ihn setzt."

Als Ruth zögerte, schob Marga sie auf den Beifahrersitz und sagte: „Nun mach schon. Er will es so."

Bei dieser Autofahrt war alles anders als sonst. Ruth fragte Engelbert dies und das, er erzählte Geschichten über das Dorf, sie lachten zusammen und Marga schwieg.

Marga war auch am Abend schweigsam. Schließlich fragte Ruth: „Ist etwas?"

„Das frage ich lieber dich? Willst du hier einheiraten?" Da explodierte Ruth. Jetzt hatte es Marga auf die Spitze getrieben. Immer weiß sie alles besser. Immer muss sie ihre schnellen Bemerkungen machen. Immer muss sie sich überall einmischen. Vielleicht reagierte Ruth auch deshalb so empört, weil Marga genau das ausgesprochen hatte, was sie sich im Geheimen wünschte. Wahrscheinlich war es so. Nicht einheiraten. Wer denkt gleich an so etwas. Aber dass ihr Engelbert gefiel, und vielleicht sogar sehr gefiel, das stimmte schon.

„Ich will doch bloß, dass du nicht am Ende enttäuscht bist. Es soll dir nicht so gehen wie es mir damals erging."

Marga stand vom Abendbrottisch auf und umarmte ihre Freundin.

„Ich meine es gut mit dir. Wirklich."

Am nächsten Vormittag gingen die beiden Frauen auf den Friedhof. Er lag hinter der Kirche und zog sich einen kleinen Anhang hinauf. Von der obersten Reihe konnte man auf den See blicken. Das Grab von Engelberts Frau fanden sie nicht.

Als sie mittags in den Gasthof kamen, wurden sie schon an der Tür von Engelbert empfangen. Er wirkte aufgeregt.

„Hat sich der Koch wieder in den Daumen geschnitten?" Marga lachte, als sie das fragte, und hielt gleich beide Daumen in die Höhe.

„Nein, nein", rief Engelbert und wedelte mit einem Brief herum, „hierum geht es, um diesen Brief. Stellt euch vor: meine Frau hat mir geschrieben. Sie will heim kommen, hierher in unser Zuhause will sie zurückkommen. Sie meint, wir sollten es noch einmal miteinander versuchen. Ich kann mein Glück kaum fassen."

EIN MONOLOG ÜBER EINE ANGST

Angefangen hatte es mit der Angst. Mit dieser verfluchten Angst. Sie hockte auf meinen Schultern, egal ob ich in der U-Bahn fuhr, ob ich neben dem Doktor stand und ihm ein Rezept reichte oder ob ich mir zu Hause eine Suppe kochte.

Die Angst kam zum Vorschein, als der Doktor diese Person vorstellte: „Das ist Eva", sagte er, „sie wird in drei Wochen bei uns anfangen". Allein schon wie er es sagte, war verdächtig, denn er strahlte gerade zu. Das kann man doch an fünf Fingern abzählen, wann der mal strahlt, so gemessen, wie er sich immer gibt.

Diese Person hatte sich in unsere Praxis geradezu eingeschlichen. Ja, eingeschlichen, Sie haben richtig gehört. Zunächst saß sie im Wartezimmer, blätterte in einer Illustrierten und war unauffällig wie alle anderen Patienten. Sie hatte Gerhard gesagt, der macht bei uns die Anmeldung, sie will sich beim Doktor nur nach etwas erkundigen, sie wäre nicht krank, im Gegenteil, kerngesund wäre sie, hat sie dann noch hinzugefügt. Wonach denn erkundigen? Das fand ich schon seltsam. Gerhard hatte mich gefragt, ob die junge Frau auch warten soll, wo sie doch nicht krank ist. „Ja", habe ich ihm gesagt, „immer schön der Reihe nach. Hier wartet jeder. Keiner wird bevorzugt". Da war die Angst noch nicht da. Da war ich noch ahnungslos. Aber irgendwie kam mir diese Person nicht geheuer vor. Sonst hätte ich vielleicht eine Ausnahme gemacht, hätte sie gleich zum Doktor vorgelassen, so voll wie es an dem Tag war. Ich hatte mit meinem Misstrauen schon den richtigen Riecher, so einen sechsten Sinn. Da werden Sie mir bestimmt nicht widersprechen, wenn Sie alles gehört haben. Irgendwann war das junge Ding dran und ist zum Doktor rein, blieb da eine dreiviertel Stunde, die anderen Patienten wurden schon unruhig, weil es nicht weiter ging, und schließlich kam sie mit dem Doktor zusammen raus, und der sagte diesen Satz, der mir Angst machte. Sofort. Aus heiterem Himmel überfiel sie mich. Wieso fängt bei uns noch jemand an? Wir brauchen doch niemanden in unserem Team, zu dem der Doktor, Gerhard von der Anmeldung, Frau Walter, die Putzfrau, und ich, die Sprechstundenhilfe, gehörten. Mehr Leute sind nicht vonnöten.

Komisch, dass ich nicht schon vier Wochen vorher misstrauisch wurde, dass ich so arglos blieb. Da verließ mich wohl mein sechster Sinn. Sie werden gleich verstehen, was ich meine. An einem Vormittag, ich glaube, es war ein Montag, wo immer die Hölle los ist, also da rief der Schwiegervater vom Doktor an. Er wollte am Dienstag gleich nach der Sprechstunde mit unserem Doktor zu Auto- Huschke, das ist so eine teure Audi- Bude. Ich soll das dem Doktor sagen. Es wäre wichtig. Er fragte noch, aber mehr der Form halber, der alte Herr fragt eigentlich nie viel, der ist mehr ein Bestimmer, also er fragte, ob das wohl ginge und ich sagte: „Ja, ja, das wird schon möglich sein, das geht schon", und dann habe ich vergessen, es dem Doktor zu sagen. Einfach vergessen, wie man eben mal was vergisst, wenn die Hölle los ist.

Na, da ging vielleicht ein Donnerwetter auf mich runter. Der Doktor hatte nämlich genau zu dieser Zeit, als der Schwiegervater auftauchte, einen Termin mit irgendwelchen Pharma-Fritzen. Und die konnte er ja nun nicht wegen des alten Herrn vor die Tür setzen. Also musste der Alte eine dreiviertel Stunde warten, was ja nun wirklich nicht schlimm ist, zumal ich ihm einen Kaffee hingestellt habe, genauso wie er ihn immer haben will, mit Kaffeesahne und vier Stück Zucker. Den hat er aber nicht angerührt. Aus Prinzip nicht, denke ich mir mal. Der ist so ein Prinzipienreiter. Kein angenehmer Mensch. Das findet unser Doktor übrigens auch. Das weiß ich ganz genau, wenn er das auch nicht so direkt sagt. Aber ich kenne doch meinen Doktor. Ich kenne ihn seit 30 Jahren. Solange bin ich schon bei ihm. Ich kannte ihn schon, als er noch gar keinen Schwiegervater hatte. Nun der Doktor war nach diesem verpatzten Termin auch ganz schön sauer auf mich, schon wegen dem Stress, den er immer mit dem Vater seiner Frau hat. Und die macht ihm das Leben auch ganz schön schwer. Aber das lasse ich jetzt mal beiseite, denn die Geschichte mit dem Schwiegervater ging noch weiter, die wurde noch unangenehmer.

Ein paar Tage danach rief er nämlich wieder an, weil er wieder wollte, dass der Doktor ihn bei irgendetwas begleitet. „Aber vergessen Sie das nicht wie das letzte Mal", hat er dann noch zum Schluss gesagt. Natürlich vergaß ich es nicht. Das war doch klar. So was passiert einem doch nicht zweimal. Ich informierte umgehend den Doktor. „Ja, ja", sagte er, „ich weiß, worum es geht". Mehr sagte er nicht. Für mich war die Sache erledigt. Dachte ich jedenfalls. Da dachte ich wohl falsch. Denn ein paar Tage später kam der Schwiegervater, aber mein Doktor war zu einem Hausbesuch, war also nicht da. Ich brauche wohl nicht zu erklären, was nun abging. Als eine halbe Stunde später der Doktor in der Praxis auftauchte, war der alte Herr noch immer auf Hundert. Ich klappte einfach die Ohren runter. Aber dann kam der Satz: „Fräulein Wanda scheint ja neuerdings öfter mal etwas zu vergessen."

Ich dachte, ich höre nicht recht. Was heißt hier öfter mal was vergessen, wenn das ein einziges Mal passiert war und außerdem: wer sagt denn heute noch Fräulein? Ich bin achtundfünfzig. Zu so jemanden sagt man doch nicht Fräulein.

„Na, ja, in dem Alter geht es mit der Vergesslichkeit los. Da ist die beste Zeit vorbei", grummelte er dann noch. Nun reicht's aber, dachte ich, und schaute zu dem Doktor, denn der hatte doch den Termin verbummelt. Aber der schwieg, wollte keinen Ärger mit dem Alten. Eigentlich hätte ich da schon misstrauisch werden müssen oder wenigstens stutzig. Wurde ich aber nicht. Erst jetzt reimte ich mir alles zusammen. Jetzt, als dieses junge Ding hier reinschneite und die Angst mich überfiel.

Vielleicht hat der alte Herr ihm diese Person geschickt. Keine zwanzig Jahre alt, hübsch anzusehen und bestimmt nicht vergesslich, wie ich angeblich war. Der Alte konnte mich noch nie leiden, war schon immer so von oben herab zu mir. Doch früher hat mich der Doktor verteidigt, da konnte ich mich auf ihn verlassen. Die Zeiten scheinen vorbei zu sein.

Drei Wochen später begann dieses junge Ding bei uns in der Praxis. Vom Doktor bekam ich den Auftrag, sie einzuweisen. Ich tat, was er verlangte. Es blieb mir ja nichts anderes übrig. Ich hatte allerdings, während ich ihr alles zeigte, das Gefühl, als ob ich mein eigenes Grab schaufeln würde.

Schon nach drei, vier Tagen war der Doktor mit dem jungen Ding mehr als zufrieden und äußerte das auch. „Der lobt die Person ein bisschen oft", sagte ich zu Gerhard. Ich konnte mir die Bemerkung einfach nicht verkneifen, bereute sie aber sofort, denn Gerhard meinte, sie würde sich doch gut machen, das Lob sei doch verdient. Und dann sagte er noch: „Sie ist ja auch hübsch anzusehen. Das gefällt dem Doktor bestimmt." Ja, dachte ich, das gefällt ihm bestimmt, zumal bei ihm mal wieder

der Haussegen schief hing und seine Frau alles andere als eine Augenweide war.

Die Tage gingen hin. Ich wurde diese verfluchte Angst nicht los. Oder war es mehr Misstrauen? Misstrauen gegen den Doktor, dass der nur einen Vorwand sucht, um mich loszuwerden? Ich traute ihm nicht mehr über den Weg, hatte auch allen Grund dazu, denn als nach einer Woche diese neue Person über alles Bescheid wusste, meinte der Doktor, nun sollte Eva seine Assistentin werden und ich könnte Gerhard in der Anmeldung beistehen, denn da würden die Patienten länger warten, als es gut täte. Nun, ja, da stockte es schon ein manches Mal, aber ob die Leute dort oder im Wartezimmer warteten, war doch wohl egal. Warten mussten sie so und so. Er sagte tatsächlich „Assistentin" zu dem jungen Ding und nicht etwa wie seit eh und je Sprechstundenhilfe.

Ein paar Tage danach, es war an einem Freitagmittag, der letzte Patient war vor zwei Minuten gegangen, Gerhard hatte die Tür nach draußen abgeschlossen, der Doktor zog grade seinen Mantel an, da ging eine Bombe hoch. Es krachte nur so. Nicht eine wirkliche Bombe. Natürlich nicht. Aber, was da passierte, war wie eine Bombe. Ich war sozusagen an den Zünder gekommen und hatte das Ding hochgejagt.

Der letzte Patient hatte mir einen Zehner für die Kaffeekasse gegeben. Als ich unsere Kassette aufschloss, um das Geld reinzulegen, stutzte ich. Da fehlte ein fünfzig Euroschein. Ich wusste genau, neben den Zehnern und Fünfern gab es auch einen Fünfziger. Und der war weg. Ich schrie auf: „Hier fehlt Geld! Hier hat einer geklaut." Ich schaute erst zum Doktor, dann zu dem jungen Ding, aber ich sah nur noch ihren Rücken. Sie schloss grade die Tür auf, sagte: „Tschau", und ging raus. Ziemlich schnell, fand ich. Verdächtig schnell. Ich rief voller Zorn: „Eine hat hier geklaut."

„Na, na, na, nun mäßigen sich mal", tönte der Doktor, „das Geld findet sich bestimmt wieder an. Hier kommt doch nichts weg."

„Doch", schrie ich, „doch, seitdem hier Assistentinnen arbeiten, kommt Geld weg."

Ich war wie von Sinnen. Mein ganzer Frust brach hervor. Ich war wütend, weil Geld fehlte, ich war auf den Doktor wütend, eigentlich war ich auf die ganze Welt wütend. Aber, und das ist nun, wenn ich jetzt darüber nachdenke, einigermaßen merkwürdig, aber gleichermaßen frohlockte ich, denn wenn seine geliebte Assistentin wirklich den Fünfziger gestohlen hatte, sind wir die los, und alles wird wieder so wie früher. Das waren mir die fünfzig Euro allemal wert, dachte ich voller Häme. Damit die verschwindet, würde ich noch fünfzig Euro draufpacken.

Am Montag erschien des Doktors Assistentin, so nannte ich die jetzt bloß noch, nicht zur Arbeit. Stattdessen kam ein aufgeregter Anruf von ihrer Mutter, dass die Tochter im Krankenhaus läge. Sie sei auf dem Nachhauseweg am Freitag in ein Auto gelaufen. Sie wäre vollkommen verstört gewesen, sagte die Mutter, überhaupt nicht ansprechbar. „Was haben Sie mit meinem Kind gemacht?", fragte sie wieder und wieder.

Nun hatten sie mich am Kragen. Mit meiner vorschnellen Beschuldigung hätte ich die Kleine fast in den Tod getrieben, warf mir der Doktor an den Kopf.

Aber es kam noch viel schlimmer, denn einen Tag später waren die fünfzig Euro wieder da. Frau Walter, unsere Putzfrau, fand den Schein. Er lag unter dem Medikamentenschrank im Arztzimmer, in dem auch immer die Kassette steht. Es war noch vor der Sprechstunde, wir, also der Doktor, Gerhard und ich, tranken in unserer kleinen Küche einen Schluck Kaffee, so wie wir das immer früh machten, und plötzlich stand Frau Walter in der Tür und hatte den Schein in der Hand. Sie hielt ihn hoch wie eine Trophäe, sagte aber nichts. Jedenfalls zunächst.

Wir schwiegen auch. Na, ich sowieso. Was hätte ich auch sagen sollen? Jedes Wort hätte es noch ärger gemacht, als es schon war. Ich wurde nur rot. Knallrot wie eine Tomate. Das sah ich in dem kleinen Spiegel neben der Tür. Die anderen sagten auch nichts. Der Doktor nicht und Gerhard hielt auch den Mund. Das Schweigen war unheimlich. Es umzingelte mich geradezu. Schnürte mir die Luft ab. Ich fühlte mich ungeheuer mies, hatte ich doch jemanden zu unrecht beschuldigt.

Eine falsche Beschuldigung ist doch viel schlimmer, als wenn man zu Recht beschuldigt wird. Wenn man zurecht beschuldigt wird, nun ja, dann hat man ein schlechtes Gewissen, man macht sich Vorwürfe, man sagt sich, das darf nicht wieder passieren, man entschuldigt sich, man versucht, es wieder gutzumachen. Da gibt's viele Möglichkeiten. Aber wenn man zu Unrecht beschuldigt wird, hat man überhaupt keine Möglichkeiten. Da kann man sich überhaupt nicht verteidigen, man weiß ja nicht gegen wen oder wegen was. Das ist einfach furchtbar und das hatte ich mit der Person gemacht, die ich vielleicht mal Eva nennen sollte. Das wäre wohl das Wenigste, wie ich es wieder gutmachen könnte, dass ich Eva zu ihr sage, zumal sie sich doch ganz ordentlich machte und dass sie eingestellt wurde, das ist doch nicht alleine ihre Schuld. Das ist doch die Schuld des Doktors. Der hat doch die finsteren Pläne.

Noch immer standen wir in der Küche, tranken unseren Kaffee. Das Beweisstück für meine Schuld lag auf dem

Küchentisch. Dort hatte Frau Walter den Schein hingelegt.

Endlich brach sie das Schweigen: „Er steckte unter dem
Medikamentenschrank. Das heißt ein Stückchen guckte
vor, sonst hätte ich ihn ja nicht gefunden", sagte sie mit
ziemlichen Eifer. Vielleicht hatte sie befürchtet, dass jemand sie beschuldigt. Aber das war eigentlich ausgeschlossen, da ja noch nie etwas weggekommen war.

Noch am selben Tag besuchte ich Eva. Na, ja, ich wäre
vielleicht nicht so schnell zu ihr hin, so vertrackt, wie
das alles war, aber der Doktor hatte darauf bestanden.

„Ich erwarte, dass Sie sich entschuldigen", hatte er mich
angeblafft. Und dann hatte er noch gesagt und das haute
mich fast vom Hocker: „Richten Sie Eva aus, dass ich
morgen oder übermorgen auch bei ihr vorbeikommen
werde".

Ich dachte, das gibt es doch nicht. In den dreißig Jahren,
die ich hier schon schufte, hat er mich nicht ein einziges
Mal, wenn bin krank war, besucht. Ich war zwar nicht
oft krank, aber ein, nein zweimal ging es mir wirklich
schlecht, da hätte ich seine Fürsorge schon gebrauchen
können.

Also ich besuchte Eva. Sie lag in einem Drei-Bett-Zim-
mer und sah ziemlich blass aus. Ihr rechter Arm steckte
in einem Gipsverband. Als ich an ihr Bett trat, passierte
etwas merkwürdiges, ihr blasses Gesicht wurde rot.
Genau so rot, wie heute früh meines sich verfärbt hatte.

„Mir ist das ja so peinlich", flüsterte sie. Sie sprach so
leise, dass ich sie kaum verstand. „Bitte, denken Sie nicht
schlecht von mir, ich habe so was noch nie gemacht, aber
mein Bruder, verstehen Sie, …"

Ich verstand gar nichts. Jedenfalls zunächst.

„Warten Sie, Eva", sagte ich, „warten Sie, ich hole mir
erst mal einen Stuhl und eine Vase für die Blumen."

Ich hatte ihr ein paar Tulpen mitgebracht. Als ich schließlich neben ihr saß, sagte ich: „Nun mal ganz langsam. Was ist mit Ihrem Bruder?"

„Mein kleiner Bruder, er ist gar nicht mein richtiger Bruder, den hat der Mann von meiner Mama mitgebracht, aber…"

„Ja", sagte ich, „und was ist mit dem?"

„Der konnte ganz günstig ein Smartphon bekommen, aber es fehlten ihm eben fünfzig Euro und ich hatte die nicht und da dachte ich, übermorgen kommt ja mein Gehalt aufs Konto, ich borge mir das Geld nur für zwei Tage…".

Mehr bekam ich nicht zu hören, denn nunmehr erstickte eine Tränenflut ihre Stimme.

Mehr brauchte ich auch nicht zu hören.

Dieser falsche Fuffziger, dachte ich. Und ich meinte nicht den Schein unter dem Schrank.

Nach fünf Wochen kam Eva wieder zur Arbeit. Kurz danach wurde mir gekündigt.

DER FINGER

Vor etwa einer Woche betrat ich das Café „Sibylle" in der Karl-Marx-Allee, um eine Kleinigkeit zu verzehren. Während ich mich nach einem Platz umschaute, das Café war gut besucht, entdeckte ich Jutta in der hintersten Ecke. Wir sind schon ziemlich lange bekannt. Es führt jetzt zu weit, wenn ich erzähle, wie wir uns kennen lernten, obwohl das auch erzählenswert wäre. Jutta schien etwas zu bedrücken und so fragte ich, ob sie Sorgen habe.

Sie nickte, hörte gar nicht auf zu nicken und sagte: „Komm, setz dich zu mir. Du kommst wie gerufen!".

Sie sprach so laut, dass der Mann am Nachbartisch von seiner Zeitung aufsah und zu uns hinüberblickte.

Als ich bei dem Ober einen Kaffee bestellen wollte, meinte sie: „Bestell dir lieber einen Cognac, den wirst du nötig haben bei dem, was ich zu erzählen habe."

Danach hob sie ihr Glas und prostete mir zu. Ich war einigermaßen erstaunt, denn Sie müssen wissen, Jutta trinkt nie Alkohol. Selbst an runden Geburtstagen, ihr Siebzigster war vor wenigen Wochen, selbst zu solchen Anlässen lehnt sie den kleinsten Schluck ab. Sie ist ein wenig eigen. Früher hätte man gesagt: Sie ist etepetete. Und jetzt prostete sie mir zu, als wäre es das Selbstverständlichste der Welt und sagte zum Glück nicht so laut wie vorhin: „Ich habe einen Finger gefunden."

„Was sagst du da, was hast du gefunden?"

„Einen Finger."

Ich starrte sie an und fragte mich, ob ihr der Cognac zu Kopf gestiegen sei. Schließlich war sie Alkohol nicht gewöhnt. Sie saß da vor mir, sah eigentlich wie immer aus, war auch wie immer proper gekleidet, weiße Bluse, graue Hose, rote Kette, rote Handtasche und wiederholte nun schon zum zweiten Mal diesen makaberen Satz: „Hörst du nicht, ich habe einen Finger gefunden." Also so ganz wie immer sah sie nicht aus, sie hatte gerötete Wangen, war nicht so blass wie sonst. Das kam wohl von der Aufregung, denn aufgeregt war sie. Das war nicht zu übersehen.

Nach dieser verwunderlichen Offenbarung folgte ein Gespräch, das ich Ihnen am besten so, wie ich es noch in Erinnerung habe, wiedergebe, dann können Sie sich selber ein Urteil bilden.

Ich fragte sie noch einmal nach diesem ominösen Fund: „So einen richtigen Finger von einem Menschen?"

„Na, von wem denn sonst. Wer hat denn noch Finger außer Menschen?"

Ich dachte, Affen haben Finger. Aber ich sagte es nicht und fragte stattdessen: „Und wo hast du den Finger gefunden?"

„Auf dem Bürgersteig. Gleich um die Ecke in der Seitenstraße. Ich weiß nicht, wie die heißt."

„Koppenstraße. Die Straße heißt Koppenstraße. Und dort lag der Finger einfach so rum?"

„Nein, er steckte in einer Schachtel."

„In was für einer Schachtel?"

„In so einer rechteckigen, aus der man ein Fach rausziehen kann."

„Und in dem Fach lag der Finger?"

„Ja."

„Das ist ja nicht zu fassen."

„Das ist doch meine Rede. Kein Mensch begreift, warum Finger auf der Straße rum liegen."

„Und warum steckte der Finger in der Schachtel?"

„Das weiß ich doch nicht", sagte sie wieder ziemlich laut und obendrein ungeduldig.

„Und was für einer steckte da drin?"

„Wie, was für einer?" Sie wurde immer gereizter.

„Na, ein Daumen oder ein Zeigefinger?"

„Ein Ringfinger. Es war ein Ringfinger."

„Und war ein Ring dran?"

„Nein, aber früher mal. Das konnte man sehen. Da war ein heller Streifen. Der hat immer einen Ring getragen."

„Wieso sagst du ‚der'? War das ein Finger von einem Mann?"

„Es sah so aus. Ein kräftiger Finger. So einer, der zugepackt hat. Aber genau kann ich das auch nicht sagen."

„Und was ist nun dein Problem?"

„Ich weiß nicht, was ich mit dem Ding machen soll. Soll ich damit zu einem Pfarrer gehen?

„Zu einem Pfarrer? Wieso zu einem Pfarrer?"

„Na, damit der Finger irgendwie beerdigt wird."

Ich prustete los: „Wenn der Mensch noch lebt, ist das doch komisch, der hat dann eine Beerdigung in Etappen. Erst der Finger und irgendwann später der Rest."

„Mach keine Witze, hier geht es um etwas Ernstes." Sie sah mich böse an.

Eine Weile sagten wir nichts, zumal gerade der Ober meinen Cognac brachte. Irgendwie klang die Geschichte unwahrscheinlich. Andererseits war Jutta nicht gerade mit viel Phantasie geplagt.

Als der Ober weg war, redete sie weiter: „Vielleicht sollte ich einen Zettel aushängen: Finger gefunden."

„Das mache mal lieber nicht. Da meldet sich womöglich die Polizei. Wirf den Finger doch einfach weg", schlug ich ihr dann vor, weil ich auch nicht recht wusste, was man mit gefundenen Fingern macht.

„Das wäre nicht recht."

„Oder bringe ihn in die Charité, die können den vielleicht gebrauchen."

Jutta schüttelte den Kopf. Das wollte sie auch nicht.

„Komm, wir trinken erst mal einen Schluck. Vielleicht fällt uns dann etwas ein", versuchte ich sie zu beruhigen.

Wir prosteten uns zu, tranken einen Schluck, prosteten uns noch mal zu und tranken den Rest. Juttas Wangen waren jetzt dunkelrot.

Der Mann vom Nachbartisch blickte wieder zu uns rüber. Man sah ihm an, was er darüber dachte, dass zwei Frauen am Vormittag Cognac in sich reinschütteten.

„Guck dir den Finger doch mal an", sagte Jutta, während sie das leere Glas so heftig auf die Tischplatte stellte, dass es klirrte.

„Was? Du hast ihn dabei?"

„Ja, ich habe ihn doch eben erst gefunden."

Jutta holte aus ihrer Handtasche eine kleine rechteckige Schachtel und gab sie mir.

Ich zog das Schubfach von dem Karton auf und betrachtete den wulstigen Finger, dessen Ende verkrustet und blutig war. Er sah wirklich eklig aus. Doch dann stutzte ich, betastete ihn vorsichtig, roch an ihm, betastete ihn noch einmal und fing an zu lachen.

„Was ist los? Warum lachst du?", schnauzte mich Jutta an. Zum Glück war der Mann vom Nachbartisch nicht mehr da.

„Das ist kein echter Finger."

Ich hielt ihr die Schachtel hin.

„Natürlich ist der echt, so blutig, wie der ist."

„Das ist auch kein echtes Blut und nun beruhige dich mal wieder. Hast du ihn überhaupt angesehen?"

„Ja, selbstverständlich, allerdings nicht lange. Das war mir einfach zu widerlich."

„Jutta, der Finger ist aus irgendeinem Kunststoff, aus Plaste oder Gummi. Das ist so eine Art Scherzartikel, denke ich mal."

Jutta starrte mich an und sagte dann leise, sehr leise: „Ich brauche noch einen Cognac."

DER STREIT

„Wir sollten uns im Haus vorstellen."

„Vorstellen? Bei wem denn?"

"Bei unseren neuen Nachbarn natürlich. Das liegt doch auf der Hand."

Der Ehemann guckte sie an wie: Kapierst Du das nicht? Und seine Frau dachte: Schon wieder sagt er solch abwegigen Dinge. Das wird immer schlimmer mit ihm.

„Du meinst", fragte Jana schließlich, „wir sollten an jeder Wohnungstür klingeln wie so ein lästiger Vertreter, der einem eine Zeitschrift andrehen will? Das meinst du wirklich?"

„Nein. Natürlich nicht."

„Ja, was denn dann, um Himmelswillen? Wie sollen wir uns dann bei den blöden Nachbarn vorstellen?"

„Wieso blöde?"

„Weil die blöde sind. Mit denen will ich nie und nimmer etwas zu tun haben. Hast du nicht bemerkt, wie sie uns, als wir einzogen, begafft haben?"

„Nein, habe ich nicht bemerkt."

„Weil du nie etwas bemerkst."

Warum bist du schon wieder so gereizt?"

„Ich bin nicht schon wieder gereizt. Unterstell mir nicht immer schlechte Laune. Ich wüsste nur zu gern, wie du dieses Vorstellen bewerkstelligen willst?"

„Wir laden zu einer Party ein. Wir geben einen kleinen Empfang. Du entwirfst eine hübsche Einladung mit deinem Computer. So was kannst du doch hervorragend."

„Meinst du so eine Grafik, wie ich sie für den Geburtstag von Onkel Willi entworfen habe und zu der du dann gesagt hast, so etwas Kitschiges hättest du noch nie gesehen?"

„Ach, das habe ich doch nicht so gemeint."

81

„Wie hast du es denn dann gemeint?"

„Du musst du nicht alles so wörtlich nehmen".

„Aber deine Idee mit der Einladung, die soll ich wörtlich nehmen."

„Ja, was denn sonst."

„Und warum?

„Warum, warum, warum? Du machst mich wahnsinnig. Wirklich! Wahnsinnig machst Du mich!"

Der Ehemann stand in der Küche, wischte sich den Schweiß von der Stirn, schlug mit seinem rechten Fuß gegen einen Umzugskarton, sodass der über die Fliesen schlitterte, gegen eine Stehlampe stieß, die da halbverpackt herumstand und sagte danach nicht etwa laut, vielleicht sogar brüllend, wie man nach diesem Ausbruch vermuten könnte, sondern leise, fast behutsam: „Denk noch mal über meinen Vorschlag nach und wenn du schon dabei bist, vielleicht auch über uns."

Kurz danach hörte Jana die Wohnungstür zuklappen.

Sie schreckte hoch: Was war denn das? Ist er abgehauen? Lässt der mich hier in dem Chaos alleine?

Sie stürzte in den Korridor, riss die Wohnungstür auf und blickte über das Treppenhausgeländer nach unten. Wieder hörte sie eine Tür zuschlagen. Diesmal war es die Haustür.

Und dann knallte es zum dritten Mal. Jana fuhr herum. Ihre Wohnungstür war zu.

„Oh Gott, ich bin ausgesperrt. Was mache ich bloß?"

Sie stand da mit leeren Händen, hatte nichts dabei, um in ihre Wohnung zu kommen. Natürlich hatte sie nichts dabei, da sie ja nur mal gucken wollte, ob ihr Mann wirklich weggegangen war, ob er sie wirklich mit den tausend Umzugkartons alleine gelassen hatte.

„Verdammt noch mal, was mache ich bloß?" Jana strich sich über die Haare und sagte noch einmal: „Was mache ich bloß? Ich kann doch nicht warten, bis er zurückkommt." Sie wusste aus Erfahrung: Das konnte dauern. Schließlich war er nicht das erste Mal bei einem Streit davongelaufen. Er kam irgendwann wieder. Natürlich kam er wieder. Und dann war eigentlich alles wieder gut, denn inzwischen hatten sie sich beide beruhigt, lachten sogar manches Mal über ihren Streit. Aber wie gesagt: es konnte dauern, und solange wollte sie hier nicht in dem zugigen Treppenhaus warten.

Jana guckte zu der Nachbarwohnung. „Da werde ich wohl klingeln müssen", murmelte sie. Das war ihr klar, dass sie da nicht herumkam.

Sie klingelte. Aber es rührte sich nichts. Sie klingelte noch einmal, wartete einen Augenblick und ging dann eine Treppe tiefer. Auch bei den Leuten unter ihrer Wohnung war niemand zuhause.

Im vierten Stock hatte sie schließlich Erfolg. Ein stämmiger Mann musterte sie von oben bis unten, was verständlich war, denn Jana hatte nur Leggins und ein weit ausgeschnittenes Hemd an. Ein bisschen wenig für die Kälte draußen.

„Bitte, könnten Sie mir helfen. Ich habe mich ausgesperrt."

„Wieso ausgesperrt? Wohnen Sie denn hier?"

Jana nickte: „Wir sind gerade erst eingezogen."

„Ei, so was. Dann sind Sie die Neuen aus dem zweiten Stock?"

„Ja. Seit drei Tagen wohnen wir hier."

Zehn Minuten später konnte Jana wieder in ihre Wohnung.

„Vielen, vielen Dank", sagte sie, als der Nachbar sein Werkzeug zusammensuchte, „was hätte ich bloß ohne Sie gemacht. Ich bin doch in Stuttgart zu Hause, hier kenne ich keinen einzigen Menschen."

„Was heißt: keinen einzigen Menschen? Sie kennen doch jetzt mich und das ist doch schon mal ein Anfang, oder?"
„Ja", sagte Jana leise. „das ist ein Anfang."

DIE DAME IN SCHWARZ

Als Tanja vor ein paar Tagen auf dem Friedhof in der Friedensstraße mit ihrem Hund spazieren ging, traf sie die Dame in Schwarz nahe dem Mittelweg. Dort traf Tanja sie oft, denn dort war das Grab ihres Mannes, der nicht gut zu der Dame in Schwarz gewesen war, wie sie Tanja einmal sagte, aber sie gut versorgt zurückließ. Sie kam täglich hierher. „Wegen der Vögel", erklärte die Dame in Schwarz, nachdem sie sich ein bisschen näher kennen gelernt hatten. Es schien ihr wichtig zu sein, das zu sagen. „Nicht, dass sie denken, ich bin hier jeden Tag, weil ich zu meinem Mann will. Die Vögel und die Eichhörnchen warten auf mich. Die wollen ihr Futter bekommen. Und das bekommen sie auch."

Sie nahm eine rote Büchse aus einem Beutel und zeigte Tanja die Körner. Gutes Vogelfutter. Ab und an würde sie auch Nüsse kaufen. Besonders im Herbst verstreut sie diese nahrhafte Nahrung, damit die Tiere gestärkt über den Winter kommen.

„Ihm wäre es nicht recht gewesen, für so etwas Geld auszugeben. Nie und nimmer wäre ihm das recht gewesen", sagte sie und wies bei den Worten auf das Grab ihres Mannes. Ein schmales Urnengrab mit einem grauen Stein. „Und für den Grabstein wollte er auch nichts ausgeben. Wir hätten uns, weiß Gott, etwas Besseres leisten können. Einen großen Stein aus Marmor oder Granit mit einer goldenen Inschrift. Aber Gustav hat noch bei Lebzeiten diesen Kümmerling ausgesucht. Er ahnte wohl, dass ich einen Stein genommen hätte, der etwas hermachen würde. Schließlich komme ich auch mal dahin. Ich will es dann schön haben."

Die Dame in Schwarz war während ihrer Worte zu dem Grab gegangen. Sie zog ein paar Grashalme aus der Erde und schleuderte sie in das Gebüsch, das sich hinter den Grabreihen breit gemacht hatte.

„Mein Mann war sparsam. Knauserig würde es besser treffen." Sie schaute wieder auf den Grabstein und nickte heftig: „Und was hat er nun davon, dass er jeden Pfennig beiseite gelegt hat? Nichts hat er davon." Sie nickte immer noch. Tanja befürchtete schon, ihr Hut würde vom Kopf rutschen, denn die Dame in Schwarz kam nie ohne Hut auf den Friedhof. Sie hatte mehrere. Einen Strohhut für Sommertage, einen kleinen Filzhut, den sie an kühlen Tagen aufhatte, einen Regenhut mit einer ungemein breiten Krempe, um nur einige zu nennen. Einer ansehnlicher als der andere, und alle waren schwarz. So schwarz wie alles , was sie anhatte.

Kennengelernt hatten sie sich an einem kalten Wintertag. Sie standen beide vor dem Friedhofseingang und kamen nicht hinein. Sie standen da eigentlich zu dritt, denn Tanja hatte ihren kleinen Hund dabei, wollte mit ihm auf dem Friedhof ein wenig laufen. Doch daraus wurde nichts, denn das Tor war verschlossen. Am zweiten Tor, der Friedhof hat zwei Eingänge, hing ein Zettel: „Wegen Glatteis ist der Friedhof geschlossen."

Die Dame in Schwarz war außer sich. „Ich will hier rein", rief sie immer wieder, „auf jeden Fall will ich hier rein", und rüttelte an dem Tor wie einst ein Bundeskanzler an einem Tor rüttelte und ähnliches rief.

Tanja versuchte sie zu beruhigen: „Mit Glatteis ist nicht zu scherzen."

„Die Eichhörnchen warten auf mich. Und die Vögel auch. Bei dem Wetter finden die doch nichts. Die verhungern und verdursten."

Sie holte aus einem Beutel eine Thermosflasche. „Sehen sie, heißes Wasser habe ich dabei. Das gefriert nicht so schnell."

„Wenn es so nötig ist, können wir vielleicht jemanden finden, der über das Tor klettert und ihre Piepmätze füttert", sagte Tanja schließlich und schaute sich um. Aber bei dem Wetter war die Straße wie leer gefegt.

„Es ist nötig!", bekam Tanja zu hören. Kein Wort mehr. Es klang wie ein Befehl. Die Dame in Schwarz schien eine energische Person zu sein.

Als sie noch erwogen, ob vielleicht der nette Vietnamese aus dem Blumenladen helfen könnte, wurde plötzlich das Tor aufgeschlossen.

„Ich habe gestreut", sagte der alte Friedhofhofswärter. „Aber seien sie trotzdem vorsichtig."

Als die Tage wieder länger wurden, begegneten sie sich öfter, wechselten ein paar Worte und gingen dann weiter. So war es auch an dem Tag, als Tanja die Dame in Schwarz bei einem Spaziergang traf. Sie verharrten einen Augenblick, Tanja erzählte, dass hinter der Kapelle sich Eichhörnchen gejagt hätten und war schon im Weitergehen, als sie plötzlich zu hören bekam: „Also was mein Gustav gemacht hat, werden Sie kaum glauben. Wirklich, das hätte ich nie gedacht. Sie können sich gar nicht vorstellen, wie ich mich darüber gefreut habe."

Tanja blieb verdutzt stehen, blickte zu dem Urnengrab, das in unmittelbarer Nähe war, und vergewisserte sich. Wirklich. Der Ehemann hieß Gustav. Was will sie denn mit dem erlebt haben? Und dann noch etwas zum Freuen. Tanja war der Ausspruch, dass der Ehemann nicht gut zu ihr war, allerdings sie gut versorgt zurückließ, sehr wohl in Erinnerung. Außerdem war der doch seit Jahren tot.

Tanjas Erstaunen ignorierte die Dame in Schwarz. Stattdessen redete sie weiter, und so erfuhr Tanja, dass die Dame in Schwarz einen Boxerhund hatte und der hätte sie so überrascht.

„Und ihr Hund heißt auch Gustav?"

„Ja, mein Großer heißt Gustav. Ich habe ihn doch aus dem Tierheim. Und die haben ihn so gerufen. Da wollte ich ihn nicht umtaufen. Er war doch an den Namen gewöhnt." Und dann sagte sie mit einem winzigen Lächeln: „Und ich brauchte mich auch nicht umzugewöhnen."

„Ich habe ja Ihren Gustav noch nie gesehen", sagte Tanja zögernd, denn schließlich konnte sie ja auch den Ehemann meinen. Sie war verunsichert, denn die Tatsache, dass der Hund denselben Namen wie der Verstorbene hatte, fand sie ziemlich merkwürdig.

„Ich bringe Gustav nie mit. Hunde sind auf dem Friedhof nicht gestattet." Sie erklärte das ein wenig spitz und schaute zu Tanjas kleinen Hund.

Doch dann erzählte sie schließlich, warum sie so stolz auf ihren Gustav wäre. Sie hatte hier auf dem Friedhof ein ganz junges Kätzchen gefunden. Offensichtlich war mit dessen Mutter etwas passiert, oder böse Menschen hatten das Tier ausgesetzt.

Jedenfalls hätte die kleine Katze leise gewimmert und wäre auch ganz verfroren und ausgehungert gewesen.

„Ich habe dieses Ehepaar von dem großen Grab dahinten im Gang B gefragt, ob sie das Tierchen mitnehmen könnten. Sie haben die bestimmt schon gesehen. Diese Leute, die jeden Tag ihr Grab pflegen und putzen, aber die haben nur abgewinkt. Tiere kämen nicht in ihre Wohnung. Ich traute mich einfach nicht, das Kätzchen mit nach Hause zu nehmen, wo ich doch den großen Hund habe. Aber dann habe ich es doch getan, denn niemand wollte sich seiner erbarmen. Als ich nach Hause kam, war ich wegen Gustav voller Unruhe, aber stellen Sie sich mal vor, mein Großer hat das Kätzchen adoptiert. Dieser Hund, der jede Katze jagt, der jede Katze am liebsten zerfetzen möchte, umsorgt dieses Katzenkind, als wäre es sein eigenes. Ich darf kaum an das Tier ran. Er hat sogar mal aus der Küche das Näpfchen mit Milch ins Wohnzimmer getragen. Ganz vernarrt ist mein Gustav in das Tierchen."

„Das ist aber erstaunlich", murmelte Tanja.

„Ja, ich kann mir das auch gar nicht erklären, woher Gustav diese Sanftmut hat." Nach einer kleinen Pause sagte sie dann noch: „Er ist das Gegenteil von dem da." Sie zeigte zu dem Grab. Tanja stutzte schon wieder. Was meinte sie denn mit dem Satz. Aber bevor sie das klären konnte, ging das Gespräch schon weiter. Tanja hatte zu tun, ihr zu folgen, denn die Dame in Schwarz sprang von einem Gustav zu dem anderen. Aber irgendwie gelang es ihr.

Mit der Zeit wurden sie vertrauter, erzählten sich dies und das. Einmal fragte die Dame in Schwarz, warum so eine junge Person wie Tanja immer alleine spazieren ginge. Tanja lachte: „Was heißt hier alleine? Ich habe doch einen ständigen Begleiter", und sie zeigte auf ihren Hund, der neben ihr saß und darauf wartete, dass der Spaziergang endlich fortgesetzt wurde.

Ein, zwei Wochen danach sagte die Dame in Schwarz: „Also Gustav ist einmalig. Es ist eine wahre Freude." Tanja war jetzt schon geschult und wusste sofort, es ging um den Boxerhund.

„Haben Sie nicht mal Lust, uns zu besuchen? Da könnten wir schön Kaffee trinken und vor allem werden sie mit eigenen Augen sehen, wie lieb Gustav mit dem Kätzchen umgeht. Sie machen doch Fotos. Vielleicht können sie ein schönes Bild von den beiden machen. Ja, das wäre überhaupt das Allerbeste."

Solche Einladungen zum Kaffeetrinken mochte Tanja nicht wirklich. Andrerseits konnte sie die Bitte um das Foto schlecht abschlagen.

Als Tanja eine Woche später bei der Dame in Schwarz war, kam das Foto vorerst nicht zustande. Nicht, weil sie nicht wollte, sondern weil der Boxerhund und das Kätzchen nicht wollten. Die Dame in Schwarz war übrigens auch zu Hause eine Dame in Schwarz. Sie war zwar nicht so elegant wie auf dem Friedhof gekleidet, aber immerhin, die schwarze Samthose und die Leinenbluse sahen gut aus. Besonders im Kontrast zu ihrem weißem Haar, das sie zu einem Knoten gebunden hatte. Also Gustav lag auf einem etwas verschrumpelten Schafsfell vor der Balkontür, das war der einzige Sonnenfleck in dem Zimmer, und das Kätzchen schlief mindestens drei Meter entfernt eingekringelt auf einem silberfarbenen Sofa. Es sah sehr dekorativ aus, denn sein Fell war glänzend schwarz, passend zu der Dame des Hauses. Zwei dunkelgraue Sessel standen auf einem weißen Teppich. Tanja schaute sich um. Ja, so hatte sie sich das Zuhause der Dame in Schwarz vorgestellt. Der einzige Farbtupfer in dem Zimmer war eine grüne Tierplastik, die an der hellgrauen Wand gegenüber von der Sitzecke hing. Vielleicht ein Wolf? Oder ein Fuchs? Aber warum grün? Das kräftige Grün erstaunte Tanja ebenso wie die vier Bilder im Korridor, auf denen eine fremd anmutende Landschaft in grellen Farben zu sehen war. Die Farben überfielen sie geradezu, als sie in die Wohnung gekommen war. Sie dachte, erstaunlich für eine Frau, die wahrscheinlich sogar nachts dunkel gekleidet ist.

Die Dame in Schwarz versuchte Hund und Katze zusammenzubringen. Sie trug Lilli, so hieß das Kätzchen, zu Gustav. Aber kaum hatte sie das Tier losgelassen, sprang es zu dem Sofa zurück. Die Dame in Schwarz huschte hin und her und murmelte: „Das verstehe ich nicht, das verstehe ich nicht." Natürlich machte Tanja trotzdem Fotos. Eins nach dem anderen. Mal von dem wunderschönen Boxerhund Gustav, mal von dem Kätzchen Lilli. Aber keines gelang mit beiden auf einem Bild.

„Ich kann ja noch mal wieder kommen", tröstete Tanja die Dame in Schwarz und wollte sich verabschieden.

„Nein, nein, nicht verabschieden", rief sie erschrocken, „wir wollen doch Kaffee trinken. Ich habe alles vorbereitet."

Erst jetzt sah Tanja: Auf dem Wohnzimmertisch standen nicht zwei, sondern drei Gedecke.

Wieso drei, überlegte sie und fragte: „Kommt noch wer?"

„Ja, das vergaß ich zu sagen. Ich erwarte noch Hasim."

„Hasim?"

„Ja, ja", sagte sie, „er müsste eigentlich schon hier sein", und eilte nach dieser Ankündigung in die Küche, wohl um den Kaffee zu holen.

Tanja stand etwas verdattert in dem Zimmer und setzte sich schließlich auf die Couch, was wiederum das Kätzchen so erschreckte, dass es heruntersprang und zu dem Boxerhund lief. Dort kuschelte es sich zwischen dessen Vorderpfoten. Gustav leckte ihm behutsam den Rücken. Es sah aus, als wollte er das kleine Wesen beruhigen. Perfekter ging es nicht. In Windeseile nahm Tanja ihre Kamera und machte ein Foto nach dem anderen.

„Das wäre geschafft", sagte sie schließlich und schaute zu der Dame in Schwarz, die an der Tür stand, in der Hand eine weiße Kanne.

„Vielen, vielen Dank", rief sie „jetzt gibt's Kaffee und ich erzähle Ihnen, wer Hasim ist."

Den hatte sie auf dem Friedhof kennen gelernt. Es war im Frühjahr, als die Tage so warm waren wie sonst nur im Hochsommer. Hasim kümmerte sich um eine Grabstätte. Er lockerte die Erde, gab den Primeln Wasser, zupfte die vertrockneten Blüten ab, tat also alles, damit die Ruhestätte so aussieht, wie es sein soll und wie es bei weiten nicht überall war. Die Dame in Schwarz beobachtete den Fremden mit einer gewissen Neugier, denn auf dem Grabstein stand ein alltäglicher deutscher Name. Anna Krüger war da zu lesen. Irgendwie ließ sie das nicht in Ruhe und so suchte sie das Gespräch. Am letzten Tag im April sah die Dame in Schwarz, dass der Mann Stiefmütterchen auf Anna Krügers Grab pflanzte. Die Primeln waren verschwunden.

„Kräftige Pflanzen", sagte sie, „die werden gut gedeihen." Sie war gerade erst gekommen und neben dem Grab stehen geblieben.

Der Fremde merkte, dass er gemeint war, erhob sich und stand dann sehr aufrecht vor ihr, sagte aber nichts.

„Ihre Stiefmütterchen", wiederholte die Dame in Schwarz und zeigte zu den Blumen, „ihre Pflanzen sind gute Pflanzen."

„Ja, ja", sagte der Mann und lächelte kaum merklich.

„Ich warte immer bis die Eisheiligen vorbei sind. Davor ist es mir zu riskant. Einmal sind mir alle Stiefmütterchen erfroren, obwohl die allerhand aushalten."

„Eisheiligen? Was ist das?"

„Das sind ein paar Tage im Mai, an denen es oft noch mal richtig kalt werden kann. Man sagt, das wären so jahrhundertelange Erfahrungen von den Bauern. Mehr weiß ich auch nicht", erklärte sie dann noch und lachte. Danach gab ein Wort das andere, und so erfuhr die Dame in Schwarz, was sie erfahren wollte, nämlich, dass Anna Krüger die Mutter von seiner Freundin Steffi war. Mehr wollte der Fremde an diesem Tag nicht erzählen, denn er musste sich ja um die Pflanzen kümmern.

Das nächste Mal trafen sie sich vor dem Supermarkt. Die Dame in Schwarz hatte mehr gekauft, als sie eigentlich tragen konnte. Das sah auch der Fremde und so trug er ihr die Einkäufe nach Hause. Sogar bis in ihre Küche, denn darum hatte sie den Mann gebeten. Sie dachte wohl, wer so liebevoll ein Grab pflegt, der kann kein böser Mensch sein. Sie erfuhr nun seinen Namen und auch, dass Hasim vor geraumer Zeit aus Pakistan nach Deutschland gekommen war.

Wieder etwas später zeigte Hasim der Dame in Schwarz ein Foto. Sie saßen wie immer in der Küche, diesmal bei einem Teller Kartoffelsuppe. Hasim hatte ihr den Einkaufsroller repariert, denn da schlackerte ein Rad.

„Da wackelt etwas", hatte er gesagt, als er das Rappeln hörte, und eh sie sich versah, war der Roller repariert. Ja, und dann ergab es sich so, dass Hasim dies und das für die Dame in Schwarz erledigte. Mal eine kleine Reparatur, mal einen kleinen Weg.

„Und die Bilder im Korridor sind auch von ihm. Hasim malt. Es war seine Idee, sie dort aufzuhängen. Er meinte, Farben wären gut für das Gemüt."

Die Dame in Schwarz wirkte ein wenig verlegen, als sie das sagte. „Ich wollte es erst nicht glauben, denn ich bevorzuge doch das Schwarze." Sie strich, während sie das sagte, über ihre Bluse. „Aber Hasim hat recht. Die fröhlichen Bilder tun einem gut. Egal wie müde oder verstimmt ich nach Hause komme, gleich fühle ich mich besser. Ich habe es nicht bereut, dass ich auf ihn gehört habe. Bei ihm habe ich überhaupt noch nichts bereut."

Und nach einer kurzen Pause sagte sie noch, dass Hasim auf deutsch „der Großzügige" heißt. „Er ist arm wie eine Kirchenmaus, aber er bringt mir immer eine Kleinigkeit mit und wenn es nur ein kleiner Strauß Gänseblümchen ist."

Da Hasim kein Geld für seine Gefälligkeiten nahm, nein, nein, er wolle nichts von dieser freundlichen Frau, lud sie ihn wenigstens zum Essen ein. Mal gab es eine kräftige Hühnersuppe, mal ein Gulasch aus Rind und Lamm, mal Kuchen mit einer dicken Streuselschicht, denn den mochte er besonders gerne. Und solch Streuselkuchen türmte sich heute auch auf dem Kuchenteller.

„Und was war das für ein Foto?", fragte Tanja die Dame in Schwarz, denn das hatte sie noch nicht gesagt.

„Auf dem Foto waren Hasim, seine Freundin und ihr kleiner Sohn zu sehen. Der Junge in der Mitte, rechts Hasim, links seine Freundin, die Steffi. Und Sie werden es kaum glauben, wenige Tage später standen die drei genau wie auf dem Foto bei mir vor der Wohnungstür. Rechts Hasim, links die Freundin und in der Mitte der kleine Sohn. Aber eines war doch anders. Auf dem Foto hatten sie gelächelt. Das fehlte diesmal."

„Ich soll abgeschoben werden", hatte Hasim gesagt.

„Man will den Vater meines Sohnes abschieben", hatte Steffi gesagt und zu weinen begonnen.

Die beiden lebten seit einiger Zeit zusammen, konnten aber nicht heiraten, weil sich Steffis Scheidung über Gebühr hinzog. Ihr Mann sträubte sich dagegen, erfand immer neue Einwände, denn dass sie ihn verlassen hatte, fand er schon kränkend genug, und dann noch wegen so einem, dem man alles nur nichts Gutes zutrauen konnte. So sprach er über Hasim, den er nicht kannte,. Aber er meinte, so urteilen zu müssen oder sollte man sagen, so verurteilen zu müssen.

Darüber sprachen sie, als die Dame in Schwarz die kleine Familie bewirtete, Kuchen aufschnitt, natürlich Streuselkuchen, und für das Kind Kakao kochte.

Einen Ausweg, wie man sich gegen die Abschiebung wehren könnte, sahen sie nicht.

„Wir wollten heute Hasims 30.Geburtstag feiern, aber nun das", sagte die Freundin und dann weinte sie abermals.

Die Dame in Schwarz dachte: was für ein Zufall, denn ihr Mann hätte heute auch Geburtstag gehabt. Er wäre Fünfundsiebzig geworden. Aber sie erwähnte es nicht. Nachts ging ihr dasselbe Geburtstagsdatum nicht aus dem Kopf, ließ sie einfach nicht schlafen. Ist das ein Fingerzeig oder gar eine Fügung? Hat es etwas zu bedeuten? Sie grübelte und grübelte und als sie die Glocken der Petrikirche zweimal läuten hörte, der Kirche, in der sie vor unendlich langer Zeit mit Gustav getraut wurde, hatte sie einen rettenden Einfall. Sie würde Hasim heiraten. Dann kann ihn niemand mehr ausweisen, dann hatte er ein Bleiberecht für immer und ewig, und die kleine Familie würde nicht auseinandergerissen.

Aber schlafen konnte sie immer noch nicht, zu viel gab es zu bedenken und außerdem, in dieser Wolfstunde zermürben die Zweifel jede Hoffnung. Was ist, wenn die Behörden diese Scheinehe durchschauen? Und sie würden es durchschauen. Der Altersunterschied war zu offensichtlich. Würde sie dann angeklagt? Sagte man dann etwa, sie sei eine Betrügerin? Aber sie muss Hasim helfen. Er war ihr ans Herz gewachsen, fast wie ein Sohn. Was sollte sie bloß machen? Konnte sie überhaupt etwas machen?

Aber dann, als der Morgen dämmerte, als die ersten Amseln riefen, da sah sie einen Ausweg.

„Nun wissen Sie alles", sagte die Dame in Schwarz zu Tanja.

„Na, alles noch nicht. Was sahen Sie denn für einen Ausweg?"

„Ja, können Sie sich das nicht denken?"

Tanja schüttelte den Kopf.

„Ja, ich dachte, wo sie doch immer alleine rumlaufen, keinen Partner haben…"

Tanja prustete los: „Wollen sie mich etwa mit Hasim verkuppeln?"

„Nein, nein, sagen sie doch nicht so ein böses Wort. Wer spricht hier von verkuppeln?"

„Haben sie mich deshalb eingeladen?"

„Nein, nein. Ich wollte doch die Fotos…"

„Vielleicht war das bloß ein Vorwand?"

„Nun hören Sie mir doch mal erst zu. Ich dachte an eine Scheinehe. Bei Ihnen, wo sie so jung sind, gäbe es keine Zweifel."

„Ich glaub's einfach nicht."

„Das ist doch ein guter Vorschlag."

Tanja schüttelte den Kopf: „Nein, nein, nein."

„Es geht doch nur um ein Papier, damit er nicht abgeschoben wird. Dann kann Hasim hier bleiben. Und wenn seine Freundin geschieden ist, wird alles rückgängig gemacht."

Die Dame in Schwarz sah Tanja erwartungsvoll an: „Nun sagen sie doch endlich mal was."

Tanja saß eine ganze Weile unbeweglich in ihrer Couchecke, dann griff sie nach ihrem Rucksack und zog ein rotes Adressbuch aus der Außentasche.

„Ich kenne einen gewieften Rechtsanwalt", sagte sie, währen sie in dem Büchlein blätterte, „der wird sich um Hasim und um die Scheidung seiner Freundin kümmern. Ich schreibe Ihnen die Anschrift auf."

„Sie meinen, der schafft das?"

„Ja."

„Wirklich? Kann ich mich darauf verlassen?"

„Ja, der ist auf so was spezialisiert, der schafft alles."

„Na, ich weiß ja nicht. Aber wenn Sie meinen…"

Die Dame in Schwarz war voller Zweifel, das war ihr anzusehen, sagte dann mit leiser Stimme: „Nun, hoffen wir, dass es dieser Rechtsanwalt schafft." Sie schob den Kuchenteller zu Tanja. „Na, dann langen sie mal zu."

„Wollen wir nicht warten?" Tanja zeigte zu dem dritten Gedeck.

„Nein, wir warten nicht. Hasim kommt nie dann, wann er versprochen hat zu kommen. So ist er halt."

Die Dame in Schwarz lächelte ein wenig: „Auch darin unterscheidet er sich von Gustav."

Diesmal wusste Tanja sofort, welchen Gustav sie meinte.

EIN BLUMENSTRAUSS

Als Johann die Treppe hinunter kam, hörte er das Ab-
fahrtsignal der S- Bahn.

Verdammt, er würde den Zug verpassen. Warum ist der
pünktlich? Das ist er doch sonst nie. Gerade heute, wo
er mit Mia verabredet war. So lange hatte er darum ge-
kämpft, hatte geworben, hatte geredet, bis sie endlich
zusagte und nun wird er zu spät kommen. Nicht sonderlich viel, aber immerhin. Man kann sich nicht mal
auf die Unpünktlichkeit verlassen. Das ist doch nicht
auszuhalten.

Johann hatte sich bereits gestern die Zeiten genau ausgerechnet, wollte nicht zu früh am Treffpunkt sein, aber
auch nicht zu spät. Auf die Minute genau sollte es sein.
Und das wäre auch so gewesen, wenn er nicht in der
Bahnhofshalle den Einfall bekommen hätte, Mia eine
Rose mitzubringen. Es war doch ihre erste Verabredung.
Also rannte er zu dem Blumenladen ganz am Ende der
Halle, aber seine Mühe war umsonst. Die Tür ließ sich
nicht öffnen, so sehr er auch daran rüttelte. Schließlich
entdeckte er einen winzigen Zettel, auf dem „Pause"
stand. Wieso machen die Pause? Ausgerechnet wenn er
Blumen kaufen will, machen die Pause. Wann kauft er
schon Blumen? Eigentlich nie.

Mürrisch trottete Johann über den Bahnsteig. Keine Blumen, Zug verpasst. Da wird man doch mürrisch. Er war
jetzt schon zweimal hin und her gegangen, ohne auf den
Papierkorb zu achten, der neben einer Bank stand. Nun,
ja. Wer achtet schon auf einen Papierkorb? Nach dem
schaut man doch nur, wenn man etwas wegwerfen will,
oder wenn man ein armer Schlucker ist und Pfandfla-
schen sucht. Aber dann hat er doch in die Richtung geblickt und blieb mit einem Ruck stehen. Er dachte, er

sieht nicht richtig. In dem Papierkorb steckte ein großer Strauß gelber Rosen. Da waren ja die Blumen für Mia und sogar im Überfluss. Die waren wohl vom Himmel gefallen.

Johann beugte sich über den Strauß und begann zu zählen, so wie man Kleingeld zählt, das man unverhofft in der Jackentasche findet. Er kam durcheinander, nahm deshalb den Strauß in die Hand, denn da zählt es sich besser und begann wieder von vorne. Es waren dreizehn Rosen.

Wieso gerade dreizehn? Hatte das etwas zu bedeuten? Für manche ist die Dreizehn eine Glückszahl. Nun in diesem Fall brachte sie wohl eher Unglück. Schließlich landeten die Rosen im Abfall.

Johann betrachtete seinen Fund. Das war keine Billigware aus Afrika, sondern ein edler Rosenstrauß mit dicken Dornen. Lange konnten die Blumen noch nicht in dem Papierkorb stecken, denn die Stiele fühlten sich feucht an. Sie waren sozusagen taufrisch.

So. Jetzt hatte er, was er für Mia haben wollte. Obendrein, ohne einen Pfennig zu bezahlen, was ja auch kein Nachteil war. Er würde zwar zu spät kommen, hatte aber Blumen. Er überlegte, was besser wäre: Pünktlich ohne Blumen oder unpünktlich mit Blumen. Er fand die zweite Variante besser. Irgendwie erschien ihm das salopper. Die erste war ein bisschen piefig. Zwar auf die Minute genau, aber mit leeren Händen. Nein, dann schon lieber so. Man kommt zwar zu spät, aber überreicht mit einer großen Geste diesen herrlichen Strauß. Vielleicht mit einem Handkuss? Also das macht auf jedem Fall mehr her.

Mit diesen Gedanken redete sich Johann seine Lage zurecht und wartete auf den nächsten Zug, im Arm die wunderbaren Blumen. Er stand immer noch neben dem Papierkorb. Doch plötzlich durchfuhr ihn ein Schrecken.

Beobachtete ihn jemand? Er sah nach rechts und links, denn eigentlich war es schon ein wenig peinlich, wie er zu dem Strauß gekommen war. Schließlich war er keiner, der aus Not Papierkörbe durchwühlte. Aber in Not war er schon, als er keine Blumen für Mia hatte. Johann sah sich noch einmal um. Wirklich. Da stand jemand und guckte zu ihm. Ein älterer Herr. Schaute der nicht etwas spöttisch? Ach, was, der sah durch ihn durch, dachte an sonst etwas.

Kein Mensch kümmerte sich um ihn. Die meisten stehen doch bloß herum, telefonieren oder hämmern auf ihren blöden Spielen. Neulich saßen ihm acht Mann in der U-Bahn gegenüber und alle Acht spielten wie die Verrückten. Solche Leute haben doch keinen Sinn für gelbe Rosen, die doch nicht. Er persönlich machte sich nicht viel aus diesem Firlefanz. Deshalb fanden ihn seine Kumpel auch ein bisschen altmodisch, ein bisschen von gestern. Na, ja, dann war er eben altmodisch, dann war er eben von gestern. Weil er diesen Ruf hatte, war es allerdings auch ganz schön schwierig, Mia zu überzeugen. Denn die stand mehr auf Computerfreaks. Am liebsten wäre ihr wohl ein berühmter Hacker. Nun, er muss eben mit anderen Sachen punkten. Zum Beispiel mit seinen wunderschönen Rosen.

Johann betrachtete mit Wohlgefallen seinen Schatz und überlegte, wer wohl diesen Strauß so rabiat entsorgt hatte.

Vielleicht hatte jemand Blumen mitgebracht und erst war alles gut, die Freude groß und Pipapo, und dann hatten sie sich aber gestritten, warum auch immer, vielleicht weil der eine keine Kinokarten besorgt hatte, obwohl er das doch zugesagt hatte, oder sie hatten sich gestritten, ja worüber konnte man sich denn noch streiten, er wusste es nicht, aber gestritten hatten sie sich bestimmt und da hatte die eine Person gesagt: „Ich pfeife auf deine Blumen!" Und zack waren sie im Papierkorb. Es konnte auch sein, dass er oder sie da mit dem Strauß und stand und stand und es war keiner gekommen. Das fuchste einen doch. Man dachte: Ich habe den schönsten Strauß der Welt gekauft und jetzt kommt der andere nicht. Entweder Mann oder Frau. War ja egal. Und dann plusterte man sich auf und, statt den Strauß mit nach Hause zu nehmen oder seiner Mutter zu schenken, war man so in Rage, dass man auf solch vernünftige Erwägungen gar nicht kam. Man konnte ja noch froh sein, dass bei dem Hineinwerfen kein Stängel umgeknickt war oder sonst etwas passiert ist. Der Strauß sah noch sehr manierlich aus.

Oder jemand mochte keine gelben Rosen. Die Frau hatte ihm schon zwanzigmal gesagt, dass sie Rosen und insbesondere gelbe Rosen besonders abscheulich fand. Sie stand auf Nelken. Und warum konnte er sich das nicht merken und kam immer wieder mit diesem blassen Gewächs an? Nein, das reichte ihr nun. Er machte nie, was sie gerne hätte. Und so weiter und so fort.

Johann dachte, es gibt hundert Varianten, warum dem Strauß so ein elendes Schicksal beschieden war. Er jedenfalls war zufrieden, dass es so gekommen war, wie es gekommen war, egal welches Unglück den Wegschmiss befördert hatte. Hauptsache, er hatte diese schönen Blumen für Mia.

Als Johann das dachte, lief er immer noch auf dem Bahnsteig hin und her. Diesmal hatte die S-Bahn die Verspätung, die er vorher hätte so gut gebrauchen können. Also ging er auf und ab und wusste nicht recht, wie er den Strauß tragen sollte, hielt ihn mal im linken, mal im rechten Arm. Als er ihn zum x. Mal umgebettet hatte, beschlich ihn ein unbehaglicher Gedanke: Wer wird eigentlich nachher bei ihrem Bummel über den Flohmarkt, denn das hatten sie vor, wer wird dann die Blumen tragen?

Mia bestimmt nicht.

Er schaute auf seinen Strauß.

Sah er nicht ein wenig zu prächtig aus? Könnte Mia gar meinen, sein Geschenk ist protzig?

Als seine Bahn endlich einfuhr, zog Johann eine Rose aus dem Bund und steckte die restlichen Zwölf in den Papierkorb.

EIN KONZERTBESUCH

Es war Vickis Idee, mich zu dem Konzert mitzunehmen. Ich traf sie auf dem Wochenmarkt in der Schillingstraße mit drei anderen jungen Leuten. Sie wollten sich Süßkartoffeln für einen Möhreneintopf besorgen. Vicki erzählte dies und das und kam dann auf das Konzert zu sprechen.

„Sie spielen klassische Musik", sagte sie, „da gehen wir heute Abend alle hin. Hast Du nicht Lust mitzukommen? Ich glaube, Monteverdi, dein Liebling, ist auch im Programm."

„Etwa die ‚Marienvesper'?"

„Kann schon sein."

Vicki, die ich seit ihrer Geburt kannte, war die Enkeltochter einer Nachbarin aus unserem Haus. Ich war bei Vickis Taufe, bei ihrer Konfirmation, habe erlebt, wie sie eingeschult wurde und zu ihrem Abitur habe ich ihr meine Goethe- und Schiller- Bände geschenkt, denn sie wollte Germanistik studieren. Daraus wurde dann zwar nichts, weil sie erst mal für ein Jahr nach Kanada ging. Nun, ich will ja auch nur erzählen, wie gut wir uns kannten. Ihre Freunde standen um uns herum und Vicki stellte mich mit den Worten vor: „Das ist die Nachbarin von meiner Oma. Sie hat für alles Verständnis, weil sie ewig jung bleibt."

Natürlich protestierte ich, fühlte mich aber dennoch geschmeichelt. Wer wäre das nicht?

„Wir treffen uns so gegen halb Acht an der U-Bahn Hausvogteiplatz, an dem kleinen Brunnen da", sagte sie, als wir uns trennten.

„Habt ihr denn eine Eintrittskarte für mich?", rief ich hinterher. Aber das hörten sie nicht mehr. denn sie waren mit ihren Rädern schon um die Ecke gebogen.

Na, ja, dachte ich. Das ist ihre Sache. Sie haben mich schließlich eingeladen.

Zuhause stand ich unschlüssig vor meinem Kleiderschrank. Soll ich den langen Rock anziehen, den ich immer bei Konzertbesuchen trage? Aber die jungen Leute haben bestimmt saloppes Zeug an, und wenn ich dann so rausgeputzt bin, ist das irgendwie komisch. Schließlich entschied ich mich für eine schwarze Hose aus feinem Cord und meinen weinroten Pullover.

Als ich am Abend in die U-Bahn einstieg, boten mir gleich zwei Leute ihren Sitzplatz an. Ein junger Mann und eine Frau, die gewiss schon vierzig war. Besonders letztere gab mir zu denken. Jetzt stehen schon die Vierzigjährigen für mich auf, grübelte ich. Aber natürlich nahm ich das Angebot an, schließlich wollte ich nicht stehen. Am Brunnen warteten nur Vicki und ein junger Mann. Ich fragte wieder nach einer Eintrittskarte. „Wir brauchen keine", sagte Vicki, „mach dir keine Sorgen."

Es war fast acht Uhr, als wir endlich vollzählig waren. Als Letzte kam eine junge Frau angerannt.

„Ich habe Kartoffelsalat gemacht", rief sie schon von weitem, „und das hat so lange gedauert."

„Auch ohne Kartoffelsalat kommt sie immer zu spät", brummelte einer der jungen Männer, der uns vorher seine Lachsröllchen gezeigt hatte. Jedes mit etwas anderem gefüllt, versprach er. Alle außer mir, denn ich wusste ja nichts von dem Picknick, hatten etwas mitgebracht. Ja, Picknick. Sie haben richtig gehört. Picknick mit klassischer Musik. Kaum zu glauben. Als wir auf den Gendarmenmarkt kamen, fanden wir nur mit Mühe eine Stelle, um eine Decke auszubreiten. Eine Decke zum drauf sitzen, wohlgemerkt. Menschen über Menschen hatten es sich auf dem Platz gemütlich gemacht. Sie lagerten auch auf einer Decke wie wir oder auf Camping-Matratzen. Andere saßen auf Fußbänken, auf Klappstühlen, auf Hockern, auf Balkonsesseln. Es gab keine Sitzgelegenheit, die es nicht gab. Na, ja, ein Plüschsofa habe ich nicht entdeckt. Vier Meter vor uns war ein Bretterzaun. Dahinter vermutete ich die Sitzreihen der richtigen Konzertbesucher, also die, die für ihren Platz bezahlt haben.

„Ja", sagte mir Vicki. „Aber warum Geld ausgeben, wenn man es doch viel schöner haben kann?"

Ich schaute nach rechts und links und kam nicht aus dem Staunen. Es roch wie auf einem Basar. Und so sah es eigentlich auch aus. Weiter hinten grillten doch tatsächlich ein paar junge Männer und neben uns trank ein älteres Ehepaar Champagner. Sie saßen auf einer schmalen Bank, nippten aus ihren Kristallgläsern und horchten auf die Musik.

Ja, natürlich. Die Musik gab es auch. Deswegen waren wir doch hier. Jetzt spielten sie gerade etwas von Vivaldi. Ich kannte es, wusste aber nicht, wie das Stück heißt.

Inzwischen hatten meine Leute alles ausgepackt und aufgebaut. Jeder hatte auf der Decke ein Plätzchen gefunden. Nur ich stand noch. Denn ich wusste, wenn ich mich zu denen auf die Decke setzte, komme ich nie wieder hoch, höchstens mit fremder Hilfe. Also sagte ich mir: „Bleib erstmal stehen, das ist sicherer". Aber bei einem Picknick zu stehen ist ziemlich abwegig. Wer macht denn so etwas? Da müsste ich mich jedes Mal tief bücken, um ein Würstchen oder eine Scheibe Brot zu nehmen. Ich schaute mich um, ob nicht irgendwo ein überflüssiger Hocker stand. Aber natürlich stand keiner herum. Wieso sollte jemand einen zusätzlichen Hocker mitbringen? Also war ich in der Zwickmühle. Wenn ich mich jetzt auf die Decke setze, müssen die mich hinterher wieder hochziehen. Wenn ich stehen blieb, verbreitete ich hier eine ziemliche Ungemütlichkeit. Eins fand ich so deprimierend wie das Andere. Schließlich resignierte ich und setzte mich auf die Decke. Es blieb mir gar nichts anderes übrig. Ich überlegte, wann ich das letzte Mal auf einer Decke im Freien gesessen hatte. Das war bestimmt hundert Jahre her. Ich fand es ganz schön hart und vermisste eine Lehne. Ich setze mich eigentlich nie auf Bänke oder sonst wohin, wenn keine Lehne da ist. Ich muss immer irgendwo meinen Rücken abstützen. Der ist schon so krumm, dass er es nicht verträgt, so frei schwebend zu sitzen. Also rutschte ich in bisschen zurück und lehnte mich an die Hauswand. Dadurch saß ich nicht mehr ganz auf der Decke und fand es nunmehr ganz schön kühl von unten. Aber das ignorierte ich jetzt. Das waren einfach zu viele Probleme, die auf mich einstürmten.

Zum Glück hatte jemand eine Flasche Sekt mitgebracht und so bekam ich ein schönes volles Glas eingegossen. Und nachdem ich das getrunken hatte, fand ich alles halb so schlimm. So ist das eben. Außerdem begann grade ein neues Musikstück. Wieder Barockmusik, die ich so liebe. Ich schaute nach rechts und links und fühlte mich bedeutend wohler. Wir saßen da friedlich beisammen. So viele Menschen und so friedlich. Und alle sind nur wegen der Musik gekommen. Na, ja. Picknick auf dem Gendarmenmarkt war natürlich auch nicht zu verachten. Ich lehnte an der Hauswand, an die Härte hatte ich mich gewöhnt, aß von den glasierten Mohrrüben, auch ein paar Fischröllchen und ein Schnittchen mit Ei. Es gab leckere Sachen. Nicht sehr anspruchsvoll, aber trotzdem gut. Und dann dachte ich, es ist doch vollkommen egal, wie ich nachher hochkomme. Irgendwie wird es schon klappen, das wusste ich. Man soll sich nicht immer vorneweg verrückt machen und außerdem, wenn mir jemand hoch hilft, was ist denn dabei? Die sollen erstmal in mein Alter kommen.

Nach einer gewissen Zeit machte das Orchester eine Pause. Die jungen Leute auf unserer Decke begannen sich zu unterhalten. Sie sprachen so, wie alle jungen Leute heutzutage sprechen, nämlich schnell und leise. Ich hatte keine Chance, dem Gespräch zu folgen, geschweige denn daran teilzunehmen. Ab und an flog mal ein Wortfetzen zu mir. Ich lehnte immer noch an der Hauswand und schaute zu, wie langsam die Dunkelheit über den Platz kroch. Da und dort wurden Kerzen angezündet. Ihr mildes Licht ließ die Menschen wie Scherenschnitte aussehen. Und dann spielten sie die „Marienvesper" und ich schwebte davon.

FRIEDHOFSGESCHICHTEN

Dieser Tage besuchte ich auf dem Friedhof in der Friedenstraße, unweit der Karl-Marx-Allee meine Toten. Danach schlenderte ich noch über das weitläufige Areal dieses Kirchhofes und machte in der äußersten Ecke eine Entdeckung, die mir weh tat. Die versteckte Oase, dieses Stückchen Wildnis voller Büsche, Sträucher und Dornengestrüpp, das dort vor sich hin wucherte und das meine Mutter so geliebt hatte, gibt es nicht mehr. Die Wildnis wurde gerodet und stattdessen sieht man eine gepflegte Rasenfläche.

Ich schrieb schon mehrmals darüber, dass meine Mutter im hohen Alter fast täglich zu dieser verwilderten Insel inmitten der Großstadt ging, dass sie dort an den Sommertagen auf einer Holzbank sich sonnte, manchmal ihr Mittagsschläfchen hielt, Gedichte aufsagte, Vögel und Eichhörnchen beobachtete und ab und an sogar einen Fuchs sah. Man kann schon sagen, meine Mutter empfand dort so etwas wie Glück. Auch ihre Holzbank mit der elegant geschwungenen Lehne und den gedrechselten Füßen, die zwar sehr alt war, der einstige grüne Anstrich war mehr zu erahnen als zu sehen, gab es nicht mehr. Wahrscheinlich ist sie entsorgt worden. Wer machte sich heute noch die Mühe, so ein verrottetes Stück aufzumöbeln?

Wie gesagt: Ich besuchte auf diesem Friedhof meine Toten, derer es von Jahr zu Jahr mehr gab. Ich verharrte an den Gräbern und gedachte der alten Zeiten.

Meine Mutter hatte auf diesem Friedhof kein Grab, an dem sie um ihre Toten trauern konnte. Auch auf keinem anderen Friedhof in dieser Stadt wäre das möglich gewesen, denn ihre Toten waren in der ganzen Welt verstreut.

Einmal ist sie nach Ketschendorf bei Fürstenwalde gefahren, das war im letzten Jahrhundert in den Fünfziger Jahren, weil sie gehört hatte, dass dort in einem Massengrab mein Vater liegen würde. Aber da, wo die Toten sein sollten, standen neue Häuser in einer kleinen Siedlung. Später, sehr viel später erreichte uns die Nachricht, dass man in einer Nacht- und Nebelaktion die Verstorbenen aus dem Massengrab umgebettet hat. Sie fanden in Halbe auf dem großen Soldatenfriedhof ihre letzte Ruhe. Da ist jetzt ein Gedenkstein, und auf Granitplatten rechts und links von dem Grabmal kann man die Namen der Toten lesen.

Auch der Name meines Vaters ist dort zu finden. Als wir davon erfuhren, war meine Mutter nunmehr so alt, dass wir nicht mehr mit ihr hinfahren konnten. Ihre Mutter, wir nannten sie Ganny, wurde in Spa, das ist in Belgien, begraben. Ihr Bruder Richard, den sie über alles liebte, hat sein Grab in Newport in den USA. Wo ihr Vater, also mein Großvater, begraben liegt, wissen wir gar nicht genau. Wahrscheinlich in Oberitalien, denn dahin ging die Familie meiner Mutter, als sie aus China im Jahre 1906 nach Europa heimkehrten. Ihre gute Freundin Herta ist in Brasilien verschollen. Eine andere Freundin fand ihre letzte Ruhe am Ammersee in Bayern. Es ist so, wie ich sagte. Es gab kein Grab ihrer Lieben in der Nähe.

Erst jetzt, da ich selber Tote auf dem Friedhof habe, wurde mir das Manko bei meiner Mutter bewusst. Ich, die so gerne Fragen stelle und immer alles wissen will, danach habe ich nie gefragt. Ich habe nie gefragt, ob es sie traurig macht, ob sie es vermisst, dass sie kein Grab vor der Tür hätte und sie hat nie zu mir etwas darüber gesagt. Eigentlich haben wir über alles gesprochen, es gab kein Thema, das wir ausgelassen haben, aber darüber haben wir nie gesprochen. Mir kam es nie in den Sinn und ich weiß nicht, ob es ihr jemals bewusst wurde.

Wenn ich heute auf dem Friedhof bin, dort meine Runden drehe, ist mir meine Mutter allgegenwärtig, nicht nur, weil sie jetzt hier seit fünf Jahren begraben ist, daran denke ich eigentlich am allerwenigsten, sondern es fallen mir diese und jene Geschichten ein, Geschichten, die wir mit ihr erlebten. Erst neulich dachte ich an den Vorfall mit ihrem Gebiss. Zugegeben, diese Geschichte war ein wenig suspekt, ein wenig makaber, andrerseits ist es so typisch für meine Mutter, dass es mir leid täte, wenn nicht auch andere davon erführen.

Ich erwähnte bereits, wie sie sich es auf ihrer Bank in der Oase gemütlich machte. Schließlich war sie dort manchmal mehrere Stunden und zu dem Gemütlichmachen gehörte, dass sie ihre untere Prothese, die immer wieder drückte, herausnahm. Warum nicht. Dorthin kam kein Mensch, dort war sie geschützt. Doch sie war damals schon sehr alt, die Hundert hatte sie überschritten und da vergaß sie immer mal dies und das. So war es auch an einem Samstag, einem heißen Sommertag. Erst zu Hause merkte sie den Verlust ihrer unteren Zähne.

Grade an dem Tag sollte Verwandtschaftsbesuch anreisen. Ich drehte fast durch, denn ich hörte schon die Vorwürfe: Kannst Du nicht aufpassen, was sollen denn diese tägliche Gänge auf den Friedhof, warum läuft sie überhaupt alleine rum? Das ist doch gefährlich, da ist es doch einsam, außerdem kann sie stürzen, oder es kann sonst etwas passieren und wer hilft ihr dann? Aber meine Mutter ging ja gerade auf den Friedhof, weil er einsam war, weil sie dem Großstadtgetümmel entfliehen wollte. Ich ließ sie fast immer gewähren und es ging ja auch fast immer gut. Man weiß doch: den Ängstlichen passiert viel öfter etwas als den Gelassenen. Und außerdem widerstand es mir, alten Menschen Vorschriften zu machen. Das würde ich heute, wo ich selber alt bin, auch nicht mögen.

Nun, ja, die damalige Situation hatte schon etwas Spezielles, denn wie würde es aussehen, wenn der Besuch kommt und meiner Mutter fehlen die unteren Zähne? Also, das ging überhaupt nicht. Wie sollte man das erklären? Sie war auf dem Friedhof und hat dort ihre Zähne verloren? Das konnte man gar nicht erklären. Ich wurde also langsam panisch. Schließlich erbarmte sich Dago, mein Mann, und ging zu der Bank in der Oase. Aber da war keine Prothese, so sehr er auch suchte. Danach trabte er die einzelnen Wege im Friedhof auf und ab und dann passierte, was schier aussichtslos schien, er fand die Zähne. Sie lagen säuberlich auf einem Grabstein. Wir vermuteten, jemand hat sie gefunden, wer weiß wo, und hat sie dahin gelegt. Was sehr gescheit war, denn so haben wir die Zähne wieder gehabt. Übrigens, meine Mutter war die Einzige, die sich über den Verlust und das Wiederfinden amüsierte, und es war das Erste, das sie unserem Besuch erzählte. Und natürlich bekam ich vorwurfsvolle Blicke verpasst und die Vorwürfe waren wortwörtlich so, wie ich sie mir ausgemalt hatte. Heute lache ich, wenn mir bei meinen Spaziergängen diese alte Geschichte einfällt, aber damals war ich frustriert. Doch mein Mann tröstete mich damals und meinte: „Es gibt Schlimmeres auf der Welt."

EIN ALLTÄGLICHES TELEFONGESPRÄCH

Anna: Die gebärdeten sich wie Männer.

Petra: Von wem sprichst du denn überhaupt?

Anna: Na, von so ein paar Jungs, siebzehn, vielleicht auch bloß sechzehn Jahre alt. Das weißte doch nie, wie alt die wirklich sind.

Petra: Und wieso benahmen die sich wie Männer?

Anna: Na, so vor Kraft strotzend, so wie: uns kann keiner was. Du kennst doch bestimmt solche Typen.

Petra: Du bist ja so aufgeregt. Ist was passiert?

Anna: Die haben Bier auf mich gekippt.

Petra: Was? Was haben die gemacht? Wo bist du denn überhaupt?

Anna: In der U-Bahn.

Petra: Und wieso kippen die Bier auf dich?

Anna: Weiß ich doch nicht

Petra: Ich verstehe überhaupt nichts. Erzähl' mal der Reihe nach.

Anna: Na, ich war auf dem Nachhauseweg und da saßen mir diese Typen gegenüber. In so 'ner U-Bahn, wo die Bänke längs stehen.

Petra: Und da sind die dir auch schon aufgefallen?

Anna: Irgendwie ja. Die saßen da so breitbeinig und hatten Bierflaschen in der Hand.

Petra: Und dann?

Anna: Dann sind sie aufgestanden, großspurig, als ob ihnen die ganze Welt gehört, dann sind sie zur Tür und dann ist einer von den Typen zurückgekommen, hat sich vor mich hingestellt und hat sein Bier auf mich gekippt.

Petra: 'ne ganze Flasche?

Anna: Nee, bloß den Rest, den er noch drin hatte. Aber es reichte zu.

Petra: Und wohin?

Anna: Auf meine Stiefel. Die Hose hat auch was abbekommen.

Petra: Das ist ja krass.

Anna: Sag ich doch. Und dann hab' n se gelacht.

Petra: Und dann?

Anna: Dann sind sie ausgestiegen.

Petra: Und was hast du dann gemacht? Ich meine, nachdem das passiert war?

Anna: Nichts.

Petra: Nichts?

Anna: Was hätte ich denn machen sollen?

Petra: Und bist Du immer noch in der U-Bahn?

Anna: Ja, doch. Es ist doch eben erst passiert.

Petra: Ach, so. Und hat dir jemand beigestanden?

Anna: Nee.

Petra: Kein einziger?

Anna: Nee.

Petra: Das ist ja 'n Ding. Sei froh, dass nicht mehr passiert ist.

Anna: Ja, hab' ich auch schon gedacht. Du, ich muss jetzt aussteigen.

Petra: Na, dann bis bald.

Anna: Ja, bis bald.

EIN GENERAL

„Seht mal, da ist der General." Das rief ein Mann zwei anderen zu. Die drei Männer standen an der Bushaltestelle am Ende der Bergholzstraße und sahen auf der anderen Straßenseite einen Mann mit einem auffällig gelben Gesicht vorbei schreiten. Zwei Meter hinter dem General ging seine Frau, eine kleine, etwas pummlige Person, die, anders als der General, ein Allerweltsgesicht hatte, also eins, das man gleich wieder vergaß.

Es war ja nicht so, dass nur der General ein gelbes Gesicht hatte, sondern auch die drei Männer, die ihn offensichtlich kannten, aber nicht auf ihn zugingen, vielleicht weil es ein General war, sahen gelbgesichtig aus.

Es war verwunderlich, dass sie so redeten, denn der Mann, der hier mit General angeredet wurde, war überhaupt kein General, jedenfalls kein solcher mit roten Biesen und unzähligen Orden auf der Brust. Er war, und das soll er sein Leben lang gewesen sein, nur ein kleiner Buchhalter in einem kleinen Betrieb, der auf einem kleinen Hinterhof sein Dasein fristete. Jemand behauptete, dass dort Fußabtreter hergestellt wurden. Aber das schien nicht zu stimmen. Denn ein anderer sagte, dass dort eine Färberei gewesen wäre. So ein Betrieb, der grüne Hosen in blaue Hosen verwandelt. Der Andere klang glaubwürdiger als jener, der von den Fußabtretern sprach, schon deshalb, weil der Andere auf demselben Hinterhof, wo der kleine Betrieb sein Dasein fristete, ab und an seine Großtante besuchte, die dort eine Wohnung im vierten Stock hatte. Und von seiner Großtante erfuhr er nicht nur, dass alle, die in der Färberei arbeiteten, gelbliche Gesichter hatten, sondern auch, und das ist wohl die entscheidende Information, dass die Färbereiarbeiter, von denen zuvorderst die Rede war, zu ihrem Buchhalter mit dem gelben Gesicht General sagten. Warum sie ihn so nannten, war nicht zu erfahren.

DER STAUBSAUGER

Maxi stopfte den Stecker in die Dose und begann zu saugen. Es ging besser, als sie befürchtet hatte. Ihr Staubsauger war nämlich nicht mehr der Jüngste. Sie hatte ihn vor vielen Jahren von ihrem damaligen Freund Felix zum zwanzigsten Geburtstag geschenkt bekommen. Oh je, sie war damals so enttäuscht, hatte sie doch auf so eine schicke Ledertasche gehofft, wie Evchen, das war ihre beste Freundin, sich grade bei „Lederfranzi" gekauft hatte. Schließlich hatte sie Felix mehrmals gefragt, ob er Evchens Tasche auch so schick fände. Das Staubsaugergeschenk war wohl eine Aufforderung an sie, ordentlicher zu werden, war sozusagen ein Appell an ihren Ordnungssinn, der, wie Felix gelegentlich meinte, ein wenig unterentwickelt wäre. Seiner war, fand Maxi, überentwickelt. Er konnte sich zum Beispiel maßlos darüber aufregen, wenn die Kaffeebüchse statt im linken Hängeschrank mal im rechten stand. Er tat so, als ob dieser Platzwechsel den Kaffeegeschmack beeinträchtigen würde, brummelte dann den ganzen Vormittag vor sich hin und fand sehr bald einen neuen Grund, um sich aufzuregen. Maxi dachte, und sie dachte das immer öfter, dass der Name Felix ganz und gar nicht zu ihm passt. Ein glücklicher Mensch, denn Felix heißt der Glückliche, benimmt sich anders.

Nun, ja, gar nicht lange nach diesem Geschenk, das wie ein erhobener Zeigefinger daher kam, ging ihre Freundschaft in die Brüche. Denn auch mit Staubsauger, es war übrigens Maxis erster, wurde sie nicht ordentlicher.

Ein paar Wochen nach der Trennung nannte sie ihren Staubsauger Felix. Vielleicht auch aus einer gewissen Dankbarkeit dem richtigen Felix gegenüber, denn er hatte auch seine guten Seiten. So hatte er damals, als sie zusammen zogen, diese Wohnung besorgt und was das Tollste war, sie ihr überlassen, als sie sich trennten. Ihre Freundin Evchen sagte immer, dass diese Wohnung mit ihren zwei Zimmern, der Küche und dem gekacheltem Bad wie ein Lottogewinn wäre. Wenn sie die Wahl hätte zwischen einem Freund, so einem zum Beispiel wie Felix, und dieser Wohnung, immer würde sie sich für die Wohnung entscheiden. Solche Überlegungen fand Maxi ein wenig abwegig, aber Evchen war nun mal so ein Entweder-Oder-Typ. Immer wog sie alles ab. Vor lauter Abwägen lebte sie seit eh und je alleine. Sie war übrigens auch sehr ordentlich, man konnte schon sagen pingelig. Sie hätte viel besser zu Felix gepasst, dachte Maxi manches Mal.

Felix, jetzt ist von dem Staubsauger die Rede, verbrachte ein ruhiges Leben bei Maxi. Äußerst selten verlangte sie von ihm zu saugen, also das zu tun, wozu er eigentlich da war. Sein angestammter Platz war auch nicht eine dunkle Besenkammer, wo in der Regel solche Geräte ihr Dasein fristen, sondern er stand hinter der Gardine im Schlafzimmer, hatte also ein sonniges Plätzchen, denn das Fenster ging gen Süden.

Natürlich fanden es ihre Freunde, vor allem Evchen ziemlich spinnig, einen Staubsauger quasi wie ein Haustier zu behandeln, ihm einen Namen zu geben. Aber letztlich gewöhnte sie sich daran und selbst Evchen, die selbstverständlich wusste, wie es mit der Ordnung ihrer Freundin bestellt war, selbst sie fragte am Telefon, ob Felix mal wieder ran musste. Maxi meinte dann: „Ja, ja, aber er ist doch schon ziemlich in die Jahre gekommen, eigentlich schon im Rentenalter."

Dass dem so war, merkte Maxi auch heute, nachdem sie begonnen hatte, ihren Teppich abzusaugen. Erst ging es, wie anfangs gesagt, ordentlich voran. Zügig saugte sie

117

rauf und runter, Strich um Strich. Aber nach keinen drei Minuten gab Felix merkwürdige Geräusche von sich. Es klang wie Röcheln. Es klang furchterregend.

Maxi machte das Gerät aus. Vielleicht sollte ich ihm eine Verschnaufpause gönnen, überlegte sie. Aber ein Blick zur Uhr sagte ihr, eine Pause konnte sie sich nicht leisten, denn in einer dreiviertel Stunde kam ihr neuer Freund Klaus. Sie hoffte zwar, dass er nicht so ein Ordnungsfanatiker wie Felix war, jetzt ist von dem alten Freund die Rede, aber man weiß ja nie. Und es sah ziemlich schlimm auf dem Teppich aus. Heute Morgen war ihr die Zuckerdose aus der Hand gerutscht und nun glitzerten überall die weißen Kristalle. Es knirschte beim Laufen. Unmöglich konnte das so bleiben.

„Felix, mein Lieber, du musst noch mal ran. Wenigstens heute. Dann lass ich dich in Ruhe. Dann kannst du dich immer und ewig an deinem Fenster sonnen. Bitte, bitte, nur noch ein paar Minuten!"

Maxi machte den Staubsauger wieder an. Felix gab ein langgezogenes Röcheln von sich, es klang wieder furchterregend, und dann hauchte er sein Leben aus.

DER BERNSTEINANHÄNGER

Auch heute blieb ich vor dem Schaufenster stehen. Das ging schon seit Tagen so. Immer wenn ich an dem Schmuckladen vorbeikam, sah ich nach, ob der Anhänger noch auf dem schwarzen Samttuch lag. Ich musste das wissen, weil Doreen sich dieses Schmuckstück gewünscht hatte.

„Kalle", hatte sie gesagt, und mich dabei so angeguckt, wie keine andere einen anguckt, „Kalle, wer mir diesen Anhänger schenkt, bekommt alles von mir, alles, was er will."

Das war eine ziemlich deutliche Aufforderung, man kann schon fast sagen eine Erpressung, aber so war Doreen eben. Sie konnte sich das leisten. Jeder in unserem Seminar war scharf auf sie, und bis jetzt hatte sie sich noch für keinen von uns entschieden. Meine Chancen standen bisher nicht schlecht. Aber richtig gut waren sie auch nicht. Und nunmehr hatte Doreen sozusagen einen Preis festgelegt. Wer weiß, wem sie das noch gesagt hatte. Deshalb guckte ich ja jeden Tag nach, ob mir auch keiner zuvor gekommen ist, ob dieses verdammte Schmuckstück noch im Schaufenster lag.

Der bizarr geformte Bernsteinanhänger war wirklich etwas Besonderes, denn in seinem Inneren war ein Käfer eingesperrt, ein Käfer, der vor Tausenden von Jahren in dieses Gefängnis gekommen war. Das hatte wohl Doreen so fasziniert. Aber der Preis des Anhängers war gleichermaßen etwas Besonderes, jedenfalls für mich. 199 Euro sollte er kosten. Woher sollte ich 199 Euro nehmen, wo ich doch schon mit der Miete im Studentenheim drei Monate im Rückstand war. Erst gestern bekam ich diesen Drohbrief, dass sie mich raussetzen würden, wenn ich nicht bis zum Monatsende zahlte. Und dann 199 Euro so mir nichts, dir nichts hinblättern? Das war nicht drin. Da kann ich überlegen, solange ich will, das wird nichts. Ich habe ja nicht mal Geld für den Schuster, um meine Schuhe abzuholen, muss mit Latschen rumlaufen.

Vorgestern bin ich rein in den Schmuckladen, habe gesagt, dass ich ein Geburtstaggeschenk brauche und habe mir dann dies und das zeigen lassen und dann wie nebenbei nach dem Anhänger gefragt. Der Verkäufer, so ein Typ mit Pomade im Haar und dickem Siegelring, holte das Schmuckstück betont langsam aus dem Schaufenster, denn das war klar: Der wusste, dass ich nicht so einer bin, der 199 Euro so einfach auf den Ladentisch legt. Dafür haben die einen Blick und das zeigte er mir auch. Ich habe das Schmuckstück dann ganz lange angeguckt und dann schließlich so was gemurmelt wie: „Könnte man den Anhänger auch auf Raten bekommen?"

Der Typ gab nur einen kurzen Lacher von sich.

„Ich würde Ihnen meine Uhr als Pfand…."

Bevor ich mit dem Satz zu Ende war, nahm mir der Typ den Anhänger aus der Hand und legte ihn in das Schaufenster zurück.

Dann machte er die Ladentür auf und sagte: „Ich wünsche noch einen guten Tag."

Ich wäre dem am liebsten an die Gurgel gegangen, so wütend war ich auf den Kerl. Was bildete der sich ein, dieser arrogante Laffe?

Also auch heute stand ich vor dem Laden. Natürlich. Ich sagte doch anfangs, dass ich da jeden Tag nachsehe, ob der Anhänger noch da ist. Er war noch da. Wenigstens das.

Doch irgendetwas war anders als sonst. Und dann entdeckte ich, was anders war. Der Laden war voller Menschen. Eine Reisegruppe wimmelte da rum. An die zehn

Japaner drängelten sich in dem kleinen Verkaufsraum. Und dieser Laffe mit Schlips und Kragen dienerte mal vor dem einen, mal vor dem anderen. Da war keine Arroganz zu sehen, da gab es nicht dieses langsame Getue, das er mir geboten hatte. Wütend dachte ich: Der Kerl machte doch jetzt das große Geschäft. Der machte doch jetzt einen Umsatz wie im ganzen Monat nicht. Denn ich habe hier ja oft genug gestanden. Der Laden war immer gähnend leer. Deshalb habe ich mich ja so geärgert, dass er mich so behandelt hat, als hätte er keine Kunden nötig.

Ich stierte immer noch in den Laden: Jetzt fehlte bloß noch, dass die Japaner den Anhänger kauften. Ich wurde panisch. Das musste ich verhindern. Das würde mir Doreen nie verzeihen, wenn ich zuließ, dass ihr Bernsteinanhänger nach Japan entschwebte.

„Jetzt oder nie", murmelte ich und ging in den Laden, stellte mich an das Schaufenster, wartete ab, bis der Laffe woanders beschäftigt war und holte mir den Anhänger. Ich stolperte die zwei Stufen runter zur Straße, dann zog ich die Schlappen aus und rannte, als wäre der Teufel hinter mir her.

DER EWIGE SCHLAF

Lissy verstand nicht, warum das Frühkonzert der Amseln genauso klang wie am Vortag. Ging alles weiter, wie es immer war? Das konnte doch nicht sein. Das durfte nicht sein.

Sie stand auf und schloss das Fenster. Nun war es wieder so still wie vor Stunden, als Axel aufhörte zu atmen, als das leise Röcheln verstummt war.

Der Morgen dämmerte. Lissy wusste, das kann sie nicht aufhalten. Es wird nicht mehr lange dauern, bis es hell ist, bis die Sonne scheint, bis alles an den Tag kommt.

Der Amtsarzt hatte ihr gesagt, dass sie sich Zeit nehmen konnte mit dem, was nun zu tun war. Und dann hatte er noch diese Rechnung erwähnt, die sie bald bekäme. Das Ausstellen von dem Totenschein müsse bezahlt werden. Es täte ihm leid, aber so wäre es halt.

Die Warnung war kaum zu ihr vorgedrungen. Nur das mit der Zeit hatte sie vernommen. Er hatte gesagt, sie könnte sich Zeit nehmen. Das war wichtig. Nur das.

Sie setzte sich wieder zu ihrem Mann. So hatte sie oft bei ihm in den letzten Monaten gesessen. Auch Silvester. Axel sagte: „Ich lege mich hin, aber ich schlafe noch nicht. Ich kann auch im Liegen mit dir anstoßen, wenn das neue Jahr da ist."

Jetzt konnte er nicht mehr mit ihr anstoßen. Nie mehr würde er das können.

Sie dachte, ich bin doch so traurig, so verzweifelt, warum kommen keine Tränen?

Und dann war es hell in dem Zimmer. Friedlich sah ihr Mann aus. Er sah aus, wie er immer aussah, wenn er schlief. Eben friedlich. Vielleicht ist der Tod nur ein ewiger Schlaf.

Vielleicht.

Lissy lächelte. Das hätte sie jetzt gerne mit Axel besprochen. Doch das ging nicht mehr. Es würde nie mehr gehen. Und ihr Lächeln verschwand.

Plötzlich zuckte sie zusammen. Es klingelte an der Wohnungstür. Jemand wollte zu ihnen.

Nein, zu ihr.

Lissy rührte sich nicht. Sie würde nicht öffnen.

Doch dann wummerte es gegen die Tür und sie hörte: „Oma, Opa, ich bin's, Bella. Warum macht ihr nicht auf?"

Lissy erhob sich von ihrem Stuhl neben dem Bett, machte die Schlafzimmertür zu, rüttelte noch einmal daran, ob sie auch wirklich geschlossen war und öffnete dann die Tür.

„Warum dauert es so lange, bis ihr aufmacht? Habt ihr noch geschlafen?"

Die junge Frau schlang ihre Arme um Lissy, gab ihr einen Kuss und ging mit ihr in die Küche.

„Ich muss euch was erzählen. Etwas ganz Wichtiges. Wo ist denn Opa? Er soll es auch hören. „

„Opa schläft noch."

„Kannst du ihn nicht wecken?"

„Nein, nein. Gönne ihm den Schlaf. Was ist denn so wichtig, dass du hier so früh auftauchst?"

„Stell dir vor, ich bekomme ein Kind. Ich wollte es euch doch unbedingt selber sagen."

„Du bist schwanger?"

„Ja. Endlich haben wir es geschafft. Hanno ist vollkommen aus dem Häuschen. Wollte heute gleich einen Kinderwagen kaufen."

Bella lachte: „Ich glaube, so glücklich war ich noch nie."

Auch Lissy lachte ein wenig. Doch dann erschrak sie. Wie konnte sie nach dieser Nacht lachen?

Bella umarmte ihre Oma, knöpfte die Jacke zu und rief, als sie schon im Treppenhaus war:„Sag es gleich Opa."

„Ja", sagte Lissy, „ja, das werde ich tun", und ging zu ihrem Mann ins Schlafzimmer.

„Unsere Bella bekommt ein Kind, Axel, wir werden Urgroßeltern. Ist das nicht ein großes Glück?"

Sie streichelte ihrem Mann die Hände und schritt dann zum Fenster, öffnete es und schaute zu den Amseln, die auf der Wiese eilig von hier nach da tippelten.

Nun weinte sie. Die Tränen waren endlich da. Sie weinte, weil Axel dieses Glück nicht mit ihr teilen konnte.

Nie mehr.

Mit der Zeit verebbten die Tränen, denn da gab es ja noch Bella, Bellas Kind.

Sie sagte laut, es war fast, als riefe sie es den Amseln zu: „Und das ist ein tröstlicher Gedanke."

DAS DAMPFBAD

Es war heiß, eine feuchtheiße Hölle, mir lief der Schweiß aus allen Poren. Nun das mit der feuchtheißen Hölle, das war vielleicht ein wenig übertrieben. Aber spricht man nicht beim Wetterbericht neuerdings oft von den gefühlten Temperaturen? Es fühlte sich halt wie eine feuchtheiße Hölle an. Mein Kopf steckte unter einem Badetuch und über einer dampfenden Schüssel mit brühheißem Wasser. Ja, ja, es war nur ein Dampfbad, um endlich meine Erkältung los zu werden. Das war wichtig, denn in zwei Tagen war eine Beerdigung. Bis dahin musste der Schnupfen weg sein. Schließlich gibt man bei so einem Begängnis diesem und jenem Angehörigen die Hand. Wie soll man sonst sein Beileid zeigen? Die Hand geben, ein wenig umarmen, das ist doch eher angebracht, als viel zu sagen. Ich hatte den Zeitwecker auf fünfzehn Minuten gestellt und hörte unter dem Badetuch dieses schnelle laute Ticken, das aber nicht bedeutete, dass die Zeit genauso schnell verging. Im Gegenteil. Die Zeit schlich. Ich hatte nämlich grade mal das Tuch ein wenig angehoben und zu der Uhr gelugt. Ganze drei Minuten waren erst vergangen. Parallel zum Ticken tropfte mein Schweiß von der Nasenspitze in die Schüssel. Tick, tick, tropf, tropf. Es war widerlich.

Ich überlegte, was ich zu der Beerdigung anziehen könnte. Schwarze Hose, schwarze Schuhe, weiße Bluse und die schwarze Tunika mit dem großen Ausschnitt. Die schwarze Leinenhose, keine schwarzen Jeans. Natürlich nicht. Die Tunika war auch aus Leinen. Das passte. Beides hatte ich mir vor geraumer Zeit gekauft. Als ich wenig später die Sachen meiner damaligen Freundin Connie zeigte, fragte sie mit so einem Staunen in der Stimme, was ich mit dem schwarzen Zeug vorhätte, wo ich doch nie schwarze Sachen tragen würde. Es klang wie ein Vorwurf. Es klang wie: Immer kaufst du so unbedacht. Ich reagierte ziemlich gereizt, raunzte, dass sie doch wohl wüsste, wie alt meine Mutter wäre, nämlich uralt.

„Da ist doch ein Gedanke an eine Trauerkleidung naheliegend, oder?"

„So ein verfrühter Kauf von schwarzer Kleidung zieht den Tod an", meinte sie dann.

Ich sagte nichts, fast nichts, irgendsoetwas wie „Du spinnst!" habe ich wohl doch gemurmelt, nahm meine neuen Sachen und brachte sie ins Schlafzimmer. Connie kam hinterher. Sie gab nicht auf. Connie gab nie auf. Sie hatte immer das letzte Wort. „Du wirst noch an mich denken", sagte sie.

Es war so ein Streit, wie er halt zwischen Freundinnen manchmal auftauchte. Es war ein Streit um nichts. Warum ich es dann erzähle? Weil mich dieser Streit verfolgt hat. Connie war vier Wochen nach diesem Streit tot. Sie starb ganz plötzlich. Ich zog das „schwarze Zeug", wie sie es genannt hatte, zu ihrer Beerdigung an. Während der Trauerfeier konnte ich an nichts anderes als an ihre Vorhersage denken. Erst hatte ich gezögert, dachte, ich besorge mir andere schwarze Kleidung, aber dann dachte ich, ich sollte es gerade tragen. So bekam sie doch noch recht mit ihrer Behauptung, dass mein verfrühter Einkauf von Trauerkleidung den Tod anzieht. So hatte sie wieder einmal das letzte Wort.

Zum hundertsten Mal hob ich das Handtuch hoch. Acht Minuten waren erst vergangen. Inzwischen dampfte und tropfte nichts mehr. Ich hatte wohl zu oft nach dem Zeitwecker gelugt. Also beendete ich die Tortur und trocknete mit dem Badetuch mein Gesicht ab.

Währenddessen nahm ich mir vor, übermorgen nach der Beerdigung zu dem Grab von Connie zu gehen. Ich könnte ihr dann erzählen, dass ich das „ schwarze Zeug" noch immer trage. Vielleicht kommt dann wieder ein kleiner Streit auf. Es würde mich nicht wundern.

KLEINE SÜNDEN

Jetzt war es schon wieder passiert. Wenn ich es nicht mit eigenen Augen gesehen hätte, würde ich es nicht für möglich halten.

Hier wurden Bücher geklaut. So grob muss man es formulieren. Nicht nur einmal, nicht nur zweimal, nein, am laufenden Band geschah das, und es geschah nicht etwa heimlich mit ängstlichen Blicken nach rechts und links, sondern ohne jede Scheu, ohne jede Scham. Jedenfalls kam es mir so vor.

Ich war vielleicht eine Viertelstunde auf der Leipziger Buchmesse, als ich zum ersten Mal sah, wie eine Frau zunächst in einem Buch blätterte, dann eine oder zwei Seiten las und danach das Buch in ihre Umhängetasche schob. Einfach so. Schwupps, war es weg. Ich weiß gar nicht mehr, worüber ich mich mehr aufregte: Über das Stehlen oder über die Dreistigkeit, mit der es geschah.

Es ist ziemlich lange her, wovon ich hier spreche. Es geht um eine Geschichte, die ich schon oft erzählt habe und die ich nun einmal aufschreiben will, auch weil sie etwas mit der Zeit der DDR zu tun hat. Ich war zum ersten Mal auf so einer Messe, wusste nicht so genau, was ich mir ansehen sollte, denn das Angebot erschlug mich. Manchmal, wenn ich jetzt in dem Bücherkaufhaus Dussmann von einer Etage zu der anderen schlendere, beschleicht mich wieder dieses Gefühl von damals.

Doch ich sollte nicht abschweifen. Ich stand also immer noch wie angewurzelt da, als die nächste Diebin zugriff. Auch bei dieser Person war das Buch schwupps in ihrer Tasche. Sie zeigte bei ihrem Tun so ein seliges Lächeln. Vielleicht war es auch etwas dümmlich, aber sie schien glücklich zu sein. Immerhin hatte sie an dem Stand von dem Verlag Luchterhand etwas Vernünftiges gestohlen.

Es war das neue Buch „Die Rättin" von Günter Grass. Ich hätte dieses Buch eigentlich auch gerne gehabt, denn ich hatte in einer Rundfunksendung davon gehört. Aber ich wusste genau, ich würde es nie bekommen. Vielleicht könnte ich es mir mal borgen, denn eine Arbeitskollegin bekam Bücher von ihrer Westverwandtschaft geschenkt. Ich leider nicht. Aber den Grass stehlen? Auf keinen Fall! Das kam nicht in Frage.

Wenig später traf ich Silke. Wir hatten uns bei einer Reise ans Schwarze Meer kennen gelernt.

„Die klauen hier wie die Raben", sagte ich.

„Natürlich", sagte sie, „natürlich wird hier geklaut."

„Was ist denn daran natürlich?" Meine Stimme klang etwas schrill, denn ich war ziemlich aufgebracht.

Ich mochte Silke nicht besonders. Irgendetwas störte mich an ihr. Das gibt es ja, dass man jemanden nicht mag, ohne es sich erklären zu können. Vielleicht war ich auch bloß neidisch, denn sie sah ungemein gut aus und noch besser war sie angezogen. Wir liefen uns immer mal in Berlin über den Weg und nun traf ich sie sogar in Leipzig. Gerade sie musste ich heute treffen.

Sie schaute mich mitleidig an: „Weißt du nicht, warum hier jeder zugreift? Die Verlage bringen doch extra viele Exemplare mit, die Westverlage wohlgemerkt."

Sie grinste: „So sorgen sie für uns arme Brüder und Schwestern."

Danach öffnete sie ihre Handtasche, ein Riesenexemplar aus Nappaleder: „Hier, guck mal. So habe ich mich bedient."

Ich sah drei Bücher. Jetzt hatte ich wenigstens einen Grund, sie nicht leiden zu können. Ich sagte ihr, wie schändlich ich das fände. Sie lachte nur.

Eine halbe Stunde danach kam ich mit einem Mann ins Gespräch. Wir saßen auf Barhockern vor einer Kaffeetheke, hatten beide ein ziemlich dünnes Gesöff vor uns stehen, und ich sah, wie er sich aus einem Flachmann einen Schluck Cognac in seinen Kaffee goss.

Mir rutschte ein „Prost" heraus.

„Wollen Sie auch?", fragte er mich freundlich.

Ich wollte.

Natürlich fing ich von der Klauerei an.

„Ach, nehmen Sie das doch nicht so schwer. Das ist doch bloß Mundraub."

„Mundraub?"

„Ja. Sozusagen Mundraub von Lesehungrigen. Wer kümmert sich denn um sowas?"

Er trank seine Tasse leer, schüttelte sich ein wenig, der Cognac-Schluck war wohl ziemlich reichlich ausgefallen, rutsche von dem Hocker, stellte sich vor mich hin und begann zu rezitieren: *„Wenn du in den Weinberg eines andern kommst, darfst du so viele Trauben essen, wie du magst, bis du satt bist. Wenn du durch das Kornfeld eines andern kommst, darfst du mit der Hand Ähren abreißen, aber die Sichel darfst du auf dem Kornfeld eines andern nicht schwingen."*

„Wo haben Sie denn das her?"

„Aus der Bibel."

Ich war beeindruckt.

Danach ging ich wieder von Stand zu Stand. Gerade, als ich schon aufbrechen wollte, denn von der Rumlauferei taten mir die Füße weh, außerdem war es in den Räumen ziemlich warm, gerade da entdeckte ich ein Buch, das meine Kindheit hervorzauberte.

„Spielregeln für kleine und große Leute" stand in goldenen Lettern auf einem dunkelbraunen Untergrund. Man hatte dieses alte Buch neu verlegt.

Ich nahm es in die Hand und dachte an die Ferien im Sommer 1944, als ich mit meinem Vater bei Tante Ger-

trud in Lebus an der Oder war und dort, in einem
Schrank verbuddelt, genau dieses Buch aufgestöbert
hatte. Es war ein altes Exemplar aus den Zwanzigerjah-
ren. Ich las es damals von vorne bis hinten, von hinten
bis vorne, schaute mir die schönen Federzeichnungen
immer wieder an und wollte es mit nach Hause nehmen, denn hier in Lebus an der Oder lag es doch bloß
herum.

„Nein", sagte die Tante, „das Buch bleibt hier. Wenn du
nächstes Jahr wiederkommst, wirst du dich erneut daran
erfreuen."

Ein nächstes Jahr gab es nicht. Der Krieg kam über die
Oder. Er holte sich das Buch.

Ich legte diese Kostbarkeit vorsichtig wieder hin, ging
langsam weiter, blieb plötzlich stehen und lief zurück.
Wenn es jemand anderes nehmen würde. Einfach so, wie
ich es doch pausenlos schon gesehen hatte. Jemand, dem
es vielleicht kaum etwas bedeutete.

Ich griff nach dem Buch und schwupps war es in meiner
Tasche. Meine Gedanken flatterten wild herum, denn
ich war ganz schön durcheinander. Ich wollte jetzt nur
noch weg. Plötzlich befürchtete ich, dass es Taschen-
kontrollen geben könnte und ich bloßgestellt würde. Ich
rannte fast zum Ausgang, sah Silke mit jemanden reden,
nickte ihr kurz zu, und dachte, die brauche ich jetzt am
allerwenigsten. Wenn die wüsste, das ich auch geklaut
habe. Oh, nein, das braucht die nicht zu wissen. Ich
stürmte also raus, griff meinen Mantel an der Garderobe, und wäre eigentlich am liebsten sofort nach Hause
gefahren, aber ich hatte ja noch eine Verabredung mit
meinem Onkel. Nun, ja. Wir saßen in einem Restaurant
am Alten Markt beisammen und er fragte mich, wie es
war, und ich stöhnte über das üppige Angebot und dass
ich davon fast erschlagen wurde und dass ich die Bücher,

die ich vielleicht gern hätte, sowieso nie bekäme. Ich jammerte also herum, tastete währenddessen in meiner Tasche nach meinem Schatz und war so glücklich, wie lange nicht, weil ich grade dieses Buch wieder bekommen hatte. Die Begegnung mit dem Onkel zog sich hin. Ich wurde immer ungeduldiger, denn ich wollte in meinen Zug, hoffte, dass ich eine ruhige Ecke finden würde und mir dann endlich das Buch anschauen konnte. Irgendwann hatten wir aufgegessen, irgendwann hatten wir bezahlt, dann fragte er, ob ich noch mit ihm zu den Musikinstrumenten ins Grassimuseum kommen will. Er wusste, dass ich diese riesige Sammlung, die größte der Welt, nicht kannte.

Ich sagte, bevor er überhaupt mit seinem Vorschlag zu Ende gekommen war: „Nein, ich bin von der Messe zu erschöpft, ich kann gar nichts mehr machen. Ich werde jetzt gleich nach Hause fahren."

Als ich zum Bahnhof kam, kaufte ich mir eine Fahrkarte für die erste Klasse. Irgendwie schien mir das angebracht. Ich saß also in dem Waggon der ersten Klasse und wartete, dass der Zug losfährt. Auch das schien mir angebracht, warum auch immer. Und dann fuhr er los. Pünktlich, was ja nicht selbstverständlich war. Der Zug fuhr los, ich packte das Buch aus, ruckelte mich in dem bequemen Polster zurecht, griff nach meiner Brille und klappte das Buch auf, um die erste Seite zu betrachten. Ach, ist das schön, wenn man ein Buch aufschlägt, besonders, wenn man solange darauf gewartet hatte, wie ich.

Ich blickte also auf die erste Seite und wurde blass.

Es war ein Blindband. Ich hatte in meiner Hast nach einem Blindband gegriffen.

Sie wissen nicht, was ein Blindband ist? Ein Blindband hat nur weiße Seiten. Jungfräulich weiße Seiten ohne einen einzigen Buchstaben, ohne eine einzige Federzeichnung. Hinter dem wunderschönen Umschlag mit dem Goldschnitt, ich kann es gar nicht oft genug wiederholen, verbarg sich eine weiße Leere.

Plötzlich musste ich trotz meiner Enttäuschung lachen. Mir fiel dieser Spruch ein, den meine Tante Gertrud aus Lebus an der Oder stets zur Hand hatte: Kleine Sünden bestraft der Liebe Gott sofort.

KUNI

„Manche Dinge verstehe ich einfach nicht", sagte Kuni.
Dieses Eingeständnis passte eigentlich nicht zu ihr, denn
Kuni war jemand, der glaubte, alles zu verstehen. Es ging
um fünf Frauen, von denen noch die Rede sein wird.
Unser Telefongespräch dauerte schon an die zwanzig
Minuten. Kuni redete ohne Punkt und Komma. Ich
murmelte „Hm" und „Aha" oder auch mal „Ist ja nicht
möglich", also genau das, was man bei einer solchen
Redeflut eben sagt. Wenn Kuni sprach, hatte ich Pause.
Kuni hieß eigentlich Kunigunde, aber so nannte sie niemand, denn selbst für ihre Generation, sie war knapp
über neunzig, war dies ein altmodischer Name. Und mit
Altmodischem hatte sie nichts im Sinn.
Unser Kontakt begann nach dem Tod meiner Mutter.
Kuni hatte die Todesanzeige in der Zeitung gelesen, sich
dann irgendwie meine Telefonnummer besorgt und
mich eines Tages mit der Frage überrascht, ob ich denn
bereit wäre, mit ihr ab und an zu telefonieren. „Warum
nicht?", erwiderte ich. Schließlich konnte sie mir manches von früher erzählen, denn meine Mutter und sie
haben viele Jahre an derselben Schule unterrichtet, waren sogar eine Weile befreundet. Irgendwann ging die
Freundschaft in die Brüche, denn Kuni war, um es vorsichtig auszudrücken, nicht leicht zu nehmen.
Seit diesem ersten Anruf meldete sie sich hin und wieder.
Sie begann stets mit denselben Worten: „Hier ist Kuni
Radtke. Ich hoffe, ich störe dich nicht." Kaum hatte ich
das verneint, legte sie los. Es war nicht so, dass ich ge-
langweilt zuhörte, denn Kuni erlebte mehr als manch
Jüngerer. Sie ging ins Theater, besuchte Ausstellungen,
war in einer Gymnastikgruppe, machte Ausflüge ins
Umland mit einer Busgesellschaft, und, und. Als ich sie

einmal besuchen wollte, war es schwer, einen Termin zu finden. Sie war seit einem halben Jahr in einem Seniorenheim und schien dort ziemlich einsam zu sein. Jedenfalls kam mir das so vor.

Nun bei meinem Besuch merkte ich sehr bald, dass sie sich in keiner Weise einsam fühlte, dass einsam das falsche Wort war. Zwar lebte sie abgeschottet in ihrem Zimmer, doch das wollte sie so. Kuni lebte nicht mit den Alten in dem Heim, sondern neben ihnen. Schon in den ersten fünf Minuten präsentierte sie mir ihr Urteil: „Hier gibt es niemanden, mit dem es sich zu sprechen lohnt." Es klang wie, und so meinte sie es auch: „Die sind alle unter meinem Niveau."

„Aber deine Zimmernachbarin ist doch ausgesprochen nett", versuchte ich zu vermitteln. Ich hatte die Frau im Fahrstuhl getroffen.

„Mein Gott, das war ein Fräulein vom Amt. Was soll ich mit der erzählen?"

Als wir in den großen Speisesaal zum Mittagessen kamen, zeigte sie mir voller stolz ihren Sitzplatz. Ein kleiner quadratischer Tisch, abseits von den Sechser- und Vierertischen der anderen Heimbewohner.

„Lieber alleine sein, als dummes Gerede zu hören", erklärte sie mir, als ich mich über den abgesonderten Platz wunderte.

Am Nachmittag, gerade als ich das Heim verlassen hatte, sprach mich eine Pflegerin an: „Kennen Sie Frau Radtke schon lange? Vielleicht, als sie noch jung war?"

„Ja, schon", antwortete ich etwas erstaunt wegen der Frage.

„Und war sie damals auch schon so…" Schwester Ina, so hieß die Pflegerin, stockte, redete nicht weiter. Aber natürlich wusste ich, was sie fragen wollte.

„Sie meinen so abweisend?"

Die Pflegerin nickte: „Ich wollte es nicht so krass sagen."
„Frau Radtke war nie sehr umgänglich, das ist halt ihr Wesen und vielleicht hängt es auch mit ihrem Leben zusammen, dass sie so ist, wie sie ist. Sie hatte es nicht leicht".

Wir standen vor dem Heim. Die Schwester zeigte nach oben zu den Fenstern der alten Leute: „Die hatten auch ein schweres Leben. Da gibt es wohl keinen, der es leicht hatte. Schließlich haben die noch den Krieg erlebt und wenn nicht, dann bestimmt die schweren Jahre danach."

Ich nickte. Sie hatte sicher recht.

Nach einer Pause sagte sie noch: „Nun, wir müssen hier jeden nehmen, wie er ist."

„Ja, das müssen Sie wohl", sagte ich und verabschiedete mich von der Schwester.

Vielleicht klingt das jetzt wie der Schluss dieser Geschichte, als ob alles über Kuni Radtke gesagt wäre. Aber so ist es nicht. Obwohl das Ende, ihr Ende sehr bald kam. Ein halbes Jahr nach meinem Besuch starb Kuni. Sie erkältete sich, als sie an einem stürmischen Tag auf ihrem Balkon Gymnastikübungen machte, denn das machte sie jeden Tag, egal ob es kalt oder warm, Winter oder Sommer war. Sie war nicht jemand, der auf den Rat der Schwestern hörte, doch bei kühlem Wetter im Zimmer zu turnen. Aus der Erkältung wurde eine Lungenentzündung und wenige Tage danach war sie tot.

Ich traf Schwester Ina wieder, als wir nach der Beisetzung im Speisesaal des Pflegeheims beisammen waren. Ich hatte mich an den kleinen Tisch von Kuni gesetzt, an den Tisch, wo sie von den anderen abgeschottet ihre Mahlzeiten eingenommen hatte. Schwester Ina kam an meinen Platz: „Sie haben doch wohl nichts dagegen, wenn ich mich zu Ihnen setze?"

Und dann erzählte sie mir etwas über Kuni, über Kunis letzte Lebenszeit.

Kurz nach meinem Besuch kam ein neuer Bewohner in das Heim. Als der Mann das erste Mal den Speisesaal betrat, ein Pfleger begleitete ihn, drehten sich alle Köpfe zu dem neuen Heimbewohner und es breitete sich eine Stille aus, die fast zu fühlen war. Jede Bewegung erstarrte, kein Klappern der Bestecke, kein Murmeln war zu hören. Alle blickten zu dem Mann, der sehr klein war. Es war ein Liliputaner.

Der Pfleger wies dem neuen Bewohner einen Platz an einem Sechsertisch zu. Hier saß bis vor kurzem Herr Willi, wie ihn alle nannten, ein kauziger Typ, der die Tischrunde, es waren fünf Frauen, jeden Tag mit allerlei Schnurren erheiterte. Er war eine Woche zuvor gestorben. Es war ziemlich dramatisch gewesem, denn er war gerade am Erzählen, wie er einmal in sein Auto gestiegen war und da hätte auf dem Rücksitz ein Riesenschnauzer gesessen, der laut und vernehmlich geknurrt hätte. „Und wie Sie sich vielleicht denken können“, hatte Herr Willi der Runde erklärt, „habe ich mich fast zu Tode erschrocken.“ Gerade als er das mit dem zu Tode erschrocken gesagt hatte, kam er zu Tode. Ein Herzinfarkt raffte ihn hinweg und niemand erfuhr, wie das mit dem Riesenschnauzer weiter gegangen war. Die fünf Frauen waren noch am Lachen, als der alte Herr nach vorne kippte. Sie dachten, dieses nach vorne Kippen gehört zur Geschichte, denn Herr Willi hat immer beim Erzählen viel herumgehampelt. Er war ein lustiger Typ und so lustig war er auch ins Jenseits gekommen.

Nun saß auf seinem Platz dieser kleine Mann, sehr aufrecht, sehr schweigsam. Von Schnurren war keine Rede. Es war nicht so, dass die fünf Frauen ihren neuen Tischgenossen geschnitten hätten, sie erzählten ihm die Geschichte mit dem Hund, zumal sie noch Tage danach rätselten, wie der Riesenschnauzer wohl in Herrn Willis Auto gekommen war, wer ihn da ausgesetzt hatte. Der Neue schien sich für Riesenschnauzer nicht zu interessieren, lächelte zwar verbindlich, sagte aber nichts. Die Frauen sprachen noch oft von Herrn Willi. Sie ließen die alten Geschichten wieder aufleben, denn ganz wollten sie auf ihre Freude auch nicht verzichten. Also wenn eine der Frauen sagte: „Wisst ihr noch, wie Herr Willi sich hier hingekniet hat?" lachten sie, nicht ganz so heftig wie zu Lebzeiten des fröhlichen Herrn, aber immerhin sie hatten doch wenigstens noch einen kleinen Spaß. In solchen Situationen saß der neue Tischgenosse noch aufrechter, noch steifer auf seinem Platz.

Kuni bekam das Geschehen an dem Sechsertisch natürlich mit. Sie konnte es ja gar nicht übersehen. „Den Mann nervt bestimmt dieses Hühnervolk", denn so nannte sie den Sechsertisch, bemerkte sie nicht nur einmal.

Aber diese alten Frauen waren auch genervt. Und es fielen Sätze wie: „Was bildet sich der Neue ein? Hält er sich für etwas Besseres?" Es wurde geredet und gemunkelt, nicht nur an dem Sechsertisch, sondern auch anderswo. Die Tage waren lang in so einem Heim und es passierte wenig an den langen Tagen. Wie begierig wurde da jede Gelegenheit aufgegriffen, wenn es etwas zu bereden und zu munkeln gab. Und so verwundert es nicht, dass der neue Heimbewohner bald einen Spitznamen bekam, den an einem späten Vormittag Kuni auf einem Zettel an der Tür von Herrn Lober entdeckte: *„Hier wohnt Zwergnase"* stand da in großen, etwas ungelenken Druckbuchstaben.

Kuni riss den Zettel ab und eilte zu den Schwestern. „Ja, ja", sagte man ihr, „ ja, ja, das ist schlimm, so was dürfte nicht passieren, wir kümmern uns darum."

Aber sie kümmerten sich nicht, denn es war, wie gesagt, später Vormittag, diese Zeit voller Hektik. Es war mehr zu tun, als sie schaffen konnten und so legten sie den Zettel erstmal dahin, wo schon anderes lag, was zu erledigen wäre, aber nicht ganz so wichtig war, wie das, was im Augenblick getan werden musste. Und so geschah erstmal nichts. Kuni war empört. Natürlich. Sie konnte es nicht fassen. Schließlich ging es hier um Mobbing, um Diskreditierung, um Menschenverachtung. Sie schleuderte ihre Empörung den Schwestern vor die Füße, aber die schoben sie beiseite: „Später, Frau Radtke, später." Beim Abendbrot breitete sich im Speisesaal wiederum eine Stille aus, die fast zu fühlen war. Jede Bewegung erstarrte, kein Klappern der Bestecke, kein Murmeln war zu hören. Die alten Leute blickten zum Eingang, denn dort stand Kuni. Aber sie war nicht allein. Neben ihr stand der kleine Herr Lober. Sie sprachen miteinander. Und dann gingen beide, als wäre es das Selbstverständlichste der Welt, zu Kunis Tisch und bekamen dort ihr Abendbrot serviert.

DIE WARNUNG

Der Mann schob sich vor sie wie eine Schranke, die einem plötzlich den Weg versperrt. Ein hagerer Kerl, kaum größer als Andrea, starrte sie erst an, breitete dann seine Arme aus und sagte währenddessen hastig, die Worte zischten ihr geradezu entgegen: „Stopp! Nicht weiter gehen!"

Andrea blieb stehen, mehr erstaunt als erschrocken.

„Jeder weitere Schritt hier lang bedeutet Lebensgefahr!" Der Mann zeigte genau zu dem Ort, wo Andrea hin wollte, nämlich zu einem Blumenladen. Dort sollte sie einen Strauß für eine Beerdigung abholen. Ihr Chef war gestorben und sie hatte es übernommen, sich um die Blumen zu kümmern.

Andrea verharrte einen Augenblick, dachte dann, was für ein Spinner und ging weiter. Keine drei Schritte danach schob der Mann sich erneut vor sie, breitete abermals seine Arme aus und sagte wiederum zischend: „Ich warne Sie zum letzten Mal. Da hinten an der Ecke lauert der Tod." Er zeigte erneut zu dem Blumenladen. Jetzt stutzte Andrea. Wer weiß, was hier los war. Außerdem kam ihr der Mann nicht geheuer vor. Die Blumen hatten auch noch bis morgen Zeit. Sie drehte sich um und ging davon. Man kann schon sagen, sie lief davon. Irgendwie hatte sich eine diffuse Angst bei ihr eingeschlichen. Angst vor dem Kerl und vor der Warnung.

Während des Abendbrotes sah Andrea Nachrichten. Nicht sehr aufmerksam, denn sie war mit ihren Gedanken bei dem nächsten Tag, überlegte, wie sie alles unter einen Hut bekommen könnte, denn morgen muss sie länger arbeiten und konnte erst ziemlich spät den Strauß für die Beerdigung holen.

Plötzlich schreckte sie hoch, sah zu dem Fernseher. Dort war von einer Explosion die Rede. Jemand hatte einen Blumenladen in die Luft gesprengt.

Es war ihr Blumenladen. Es war exakt das Geschäft, in dem sie den bestellten Strauß für ihren Chef abholen wollte.

Der Mann hatte ihr das Leben gerettet. Das war ihr erster Gedanke.

Doch dann überlegte sie: Wieso wusste der, was passieren würde? War er der Bombenleger?

Aber warum hatte er sie dann gewarnt? Schließlich war das riskant, sie könnte ihn bei der Polizei ziemlich genau beschreiben.

Oder hatte er das zweite Gesicht? So etwas gab es doch. Und merkwürdig genug hatte er sich ja verhalten.

Aber was ist, wenn er es doch getan hatte?

Musste sie das nicht der Polizei melden? Sie griff nach ihrem Handy, zögerte aber dann. Ihr fielen die Scherereien ein, als sie mal Zeugin von einem Unfall war. Nie wieder wollte sie so etwas erleben.

Außerdem: Ihre Geschichte klang ziemlich unwahrscheinlich, und sie dachte, kein Mensch würde ihr glauben.

DAS VERSCHWEIGEN

Es war so ein Tag, an dem es nicht hell wurde. Die Straßen waren spiegelglatt, denn nach dem Tauwetter war der Frost zurückgekehrt.

Jutta kam von ihrem Zahnarzt. Vernünftiger wäre es gewesen, den Bus bis nach Hause zu nehmen, aber sie hatte sich anders entschieden, war gelaufen, was sie jetzt bereute, denn es war kaum gestreut. Auf der Schillingbrücke überholte sie ein altes Pärchen, das noch vorsichtiger ging als sie. Der Mann zog einen Einkaufswagen hinter sich her, mühsam sah es aus, wahrscheinlich war die Tasche voll gepackt, und die Frau trug einen Korb über dem rechten Arm, der auch nicht federleicht zu sein schien.

Als Jutta an dem Paar vorbeikam, hörte sie einen Aufschrei. Die alte Frau war etwas gerutscht und hatte vor Schreck ihren Korb fallen lassen. Jutta half beim Aufsammeln der Utensilien und sagte dann zu der Frau, als all die verstreuten Sachen wieder in dem Korb waren: „Der ist zu schwer für Sie. Besonders heute, wo es so glatt ist."

„Ich habe auch schon geschimpft", kam von dem Ehemann, „aber sie hört ja nicht auf mich. Nie hört sie auf mich."

„Doch, doch, ich höre schon auf dich", rief die Frau, „aber heute Abend kommt doch Susi. Da mussten wir so viel einkaufen."

Als Jutta mitbekam, wo das Pärchen wohnt, sagte sie, dass sie denselben Weg hätte und drum den Korb tragen werde. Langsam gingen sie zu dritt weiter. Jutta erfuhr, dass Susi die Tochter der alten Leute war, mit einem Spanier in Andalusien zusammen leben würde, aber sie heute Abend besuchen käme. Ein ganzes Jahr hatten sie ihre Kleine nicht gesehen, nur immer telefoniert, aber das wäre doch nicht das Rechte.

„Schließlich will man sein Kind auch mal umarmen können", erklärte die alte Frau und der alte Mann nickte. Auch er wollte sein Kind umarmen können.

Auf dem letzte Stückchen des Weges, die Frau hatte gerade gesagt: „Jetzt haben wir es gleich geschafft. Sehen Sie dort drüben das blaue Haus, wo die zwei Vogelhäuschen auf dem Balkon sind, dort wohnen wir", da passierte Jutta genau das, wovor sie die alten Leute gewarnt hatte. Sie stürzte auf den Bürgersteig. Wieder schrie die alte Frau auf, wieder kullerte alles aus dem Korb. Aber diesmal konnte Jutta beim Aufsammeln nicht helfen. So sehr sie sich auch bemühte, sie kam nicht alleine auf die Beine. Zum Glück erbarmte sich ein junger Mann, half zuerst Jutta aufzustehen und packte dann die Sachen in den Korb.

„Wo wollen Sie hin, ich helfe Ihnen nach Hause", bot er Jutta an, die merkte, dass ihr Fuß beim Auftreten schmerzte.

„Ja, helfen Sie ihr", verlangte die alte Frau, „das ist gut. Aber sie kommt erst mal mit zu uns, damit wir sie versorgen können."

Juttas Einspruch wurde ignoriert. Keine zehn Minuten später ruhte sie in einem dunkelgrünen Ohrensessel in dem Wohnzimmer von den alten Leutchen. Ihr rechter Fuß lagerte, mit einer Kühlkompresse umwickelt, auf einem Puff, der auch mit dunkelgrünem Samt überzogen war.

Der alte Mann brachte ihr ein Schüsselchen Hühnerbrühe: „Die wird Ihnen gut tun. Ich habe sie erst heute früh gekocht. Die hilft bestimmt."

„Auch bei einem angeknacksten Fuß?" Jutta lachte.

„Hühnersuppe ist für alles gut, das weiß doch jeder."

Jutta fühlte sich trotz der Schmerzen wohl. Es war schön, so verwöhnt zu werden.

Der alte Mann, Franz war übrigens sein Name, Franz Dübel, das hatte Jutta inzwischen mitbekommen, schien hier den Haushalt zu meistern, denn er und nicht seine Frau hatte alle Einkäufe ausgepackt und weggestellt, und er kühlte Juttas Fuß. Als er ihren Sessel so herumrückte, damit sie das Treiben in den beiden Vogelhäuschen sehen konnte, bekam sie eine Erklärung: „Sie müssen meine Frau, meine Else, entschuldigen. Sie hat sich hingelegt. Das Herz, wissen Sie, es arbeitet nicht mehr so, wie es sollte. Else will es zwar nicht wahrhaben, aber es ist so, wie es ist."

Ein wenig danach, Franz hatte grade ein, zwei verwelkte Rosen aus dem Strauß gezogen, der auf der Anrichte neben unzählig vielen Familienfotos stand, murmelte er noch: „Es steht schlecht um sie. Ich bin in großer Sorge." Bevor Jutta antworten konnte, war er aus dem Zimmer gegangen.

Ein paar Wochen später, an einem ungewöhnlich warmen Tag, die Sonne wärmte, als wäre schon Frühling, da traf Jutta das Ehepaar Else und Franz wieder. Sie saßen auf einer Bank in der Grünanlage vor ihrem Haus.

„Stellen Sie sich vor", sagte Else gleich, nachdem Jutta sie begrüßt hatte, „stellen Sie sich vor, unsere Susi bekommt ein Kind. Sie hat uns so ein Foto vom Ultraschall dagelassen. Wollen Sie es mal sehen?"

„Lass es stecken, Else, da sieht man doch noch gar nichts drauf."

„Du siehst da nichts. Ich sehe da ganz genau den Kopf und überhaupt alles. Es ist ein Mädchen. Das weiß meine Tochter schon. Ein kleines gesundes Mädchen."

Inzwischen hatte sie das Foto gefunden und zeigte es Jutta.

„Niedlich", murmelte Jutta etwas verlegen, denn sie erkannte kaum etwas, „wann wird denn Ihr Enkelkind zur Welt kommen?"

„Im Spätsommer oder Frühherbst. Wie Sie wollen".

„Mitte September", unterbrach sie der Ehemann, „das hat uns doch Susi gesagt."

„Ja, das stimmt. Mitte September. Und wir werden zur Taufe hinfliegen. Das haben wir unserer Susi versprochen. Nicht, Franz?"

„Mal sehen, was dann ist."

„Nicht: Mal sehen. Was soll denn das! Wir fliegen nach Andalusien und damit basta."

„Nun reg dich nicht auf, Else, reg dich nicht auf. Das tut dir nicht gut. Das weißt du doch. Kommt Zeit, kommt Rat."

Der alte Mann schaute zu Jutta hoch, die vor den beiden stand, und schüttelte den Kopf. Er sah ratlos aus.

„Dass ich das noch erlebe", sagte dann noch die alte Frau, „mein Gott, das hätte ich nicht gedacht, wo doch unsere Susi schon vierundvierzig Jahre alt ist. Womit haben wir so ein Glück verdient?"

Eine Woche später traf Jutta Franz Dübel im Zeitungsladen.

„Wir haben heute keine Zeitung bekommen. Nun hole ich mir eine. Ich brauche doch mein Kreuzworträtsel."

Als Jutta nach Else fragte, winkte er bloß ab. Der alte Mann sah noch vergrämter aus als beim letzten Mal und sprach dann so leise, das Jutta es kaum verstehen konnte: „Ihre Tage sind bemessen."

„Oh, das tut mir leid. Und Ihre Tochter? Wie geht es da?"

„Wohl recht gut. Sie ruft nicht so oft an, wie sie anrufen sollte."

Es war bereits Mai, als Jutta wiederum Franz Dübel traf. Er saß auf derselben Bank wie damals an dem warmen

Wintertag, nur dass diesmal seine Frau nicht dabei war. Jutta lächelte, als sie Franz erkannte, aber ihr Lächeln verschwand, als sie sah, wie unendlich traurig der alte Mann zu ihr hinschaute.

Er wollte, dass sie sich zu ihm setzt. Sie saß also neben ihm, aber er sagte nichts. Stattdessen malte er mit seinem Spazierstock immer wieder einen Kreis. Einmal rechts herum, einmal links herum. Einmal rechts herum. Einmal links herum.

Jutta hielt schließlich seine Hand fest und fragte nach Else.

Der alte Mann schüttelte den Kopf und sagte: „Ich kann es einfach nicht glauben."

Und dann erfuhr Jutta, was er nicht glauben konnte. Heute Morgen, ganz früh, Else schlief zum Glück noch, kam ein Anruf von dem Schwiegersohn aus Spanien. Die Tochter hatte in der letzten Nacht eine Fehlgeburt.

Der alte Man zog seine Schultern zusammen, als ob er frieren würde und dann begann er wieder diese Kreise zu malen. Einen nach dem anderen. Einmal rechts herum. Einmal links herum.

Jutta wusste, sie musste etwas sagen. Aber sie wusste nicht was.

Schließlich sagte der alte Mann: „Ich habe es Else noch nicht gesagt. Ich weiß nicht, wie ich es anstellen soll. Aber ich muss es ihr doch sagen."

„Vielleicht müssen Sie das gar nicht", sagte Jutta nach einer langen Pause.

„Doch. Sie muss es erfahren."

„Warum? Wo doch ihre Tage bemessen sind."

„Wir haben uns immer alles gesagt. Immer. In all den Jahren. Und es waren viele Jahre. Sehr viele."

„Aber die Freude auf das Enkelkind, warum wollen Sie ihr die nehmen?"

Der Alte sagte nichts.

„Es ist doch ihre letzte Freude, die letzte in ihrem Leben."

„Ihr etwas zu verschweigen, das bringe ich nicht fertig. Das geht einfach nicht." Unatürlich laut klang seine Antwort. Sie klang wie ein Hilferuf.

„Doch", sagte Jutta, „doch, das geht. Sie bringen das fertig. Das weiß ich ganz genau."

Drei Wochen danach las Jutta die Todesanzeige von Else Dübel.

Ein paar Tage danach erfuhr sie von dem alten Mann, dass seine Frau mit einem Lächeln eingeschlafen war.

KÖTHEN, 1949, 1950

Es war vier Jahre nach dem Krieg, ich war so um die Zwanzig,
als ich diese Geschichten, die eigentlich eher Beobachtungen
sind, aufschrieb. Zu dieser Zeit wurde ich in Köthen, einem
kleinen Städtchen im Anhaltinischen, zu einer Neulehrerin
ausgebildet, war zum ersten Mal von zu Hause weg und zum
ersten Mal verliebt. Ich hatte mehr Fragen als Antworten, wie
das so in den Jahren zwischen der Kindheit und dem Erwach-
senenleben halt ist, wie das fast jedermann erlebt.

Er und sie

Da das Restaurant im Keller lag, konnte das Tageslicht
nur mühsam hineinfinden. Der Ober knipste die Am-
peln an, deren rotbraune Schirme dem Raum einen
warmen Ton gaben. Als die letzte Ampel brannte, ging
er hinaus. Durch die Tür war Lachen und Geklirr aus
der Küche zu hören. Dann machte sich wieder ein
Schweigen breit, das einen menschenleeren Raum vermuten ließ. Die Vermutung täuschte.
An dem Ecktisch neben der Glastür saßen er und sie.
Er schaute selbstbewusst, selbstzufrieden. Er schaute wie
immer und wie sie es so gut kannte. Er redete, sie sah es
an den Lippen. Wahrscheinlich von sich selbst. Bestimmt
sogar. Denn er redete immer von sich selbst.
Sie wusste es, ohne hinzuhören. Ihre Augen schweiften
davon. Sie sahen ein Bild von einem Anderen, von einem, der sie wahrnahm. Sie sahen ein Wunschbild.
Dann begann das Spiel. Es begann immer nach einiger
Zeit. Es begann dann, wenn er bemerkte, dass ihr Blick
nicht ihm galt.
Es war ein Spiel, das vorheriges vergessen ließ.
29.10.1949

Nach der Premiere
(unseres Laienspieltheaters)

Der Saal war unschön, fast verletzend hell erleuchtet, alle Türen offen. Einer stand am Grammophon und legte mechanisch Platte für Platte auf, bis er lachend abgelöst wurde.

Ja, das waren sie alle, lachend, denn heute war die Premiere gewesen, der Abend, für den man Tage, Wochen, Monate geübt hatte.

Auf dem langen Tisch, an dem man vor ein paar Stunden noch gesessen hatte, um den Toasten der Einzelnen zuzuhören, lagen Zigarettenstummel in den Aschenbechern; einige Gläser waren halbleer und jemand hatte eine violette Aster sorglos zerrupft.

Das Stimmengewirr mußte weit draußen in der dunklen Nacht zu hören sein.

Keiner dachte daran, dass nun alles vorbei ist.

30.10.1949

Die Zigarettenasche

Sie mochte Anfang 30 sein. Ihre Kleidung hatte mühsam Anschluss an „Le dernier cris" der Mode bekommen. Die scheinbare Ruhe, Gleichgültigkeit wurde durch das ruckhafte Abwerfen der Zigarettenasche entblößt.

Wir waren zu dritt. Sie, ein Mann und ich. Ein Gespräch schleppte sich mühsam hin, wurde nur von ihr getragen.

Als das Fenster locker wurde, sprang sie auf und schloss es, dienstfertig, bereit. Der Mann ließ es gewähren. Er war es nicht anders gewöhnt.

Dann stieg er aus. Ihr lauernder Blick machte dem alltäglichen Platz.

Die Asche wurde langsam auf die Erde geworfen.

6.März 1950

Der Unbekannte

Mit den Worten „Das kann ich viel besser" nahm er mir den Koffer aus der Hand, machte ihn geschickt zu und verschwand im Gewühle.

Es war auf einem Bahnsteig. Sein Gang, seine Armbewegungen waren schwankend, an einen Matrosen erinnernd, wie ehedem. Auch der streifende Blick war der gleiche geblieben.

Es war seit Jahren die erste Begegnung wieder. Wir sahen ihn früher oft auf unserer Bahnfahrt zur Schule.

Ich wusste nie, woher er kam. Er schlenderte gewöhnlich durch den ganzen Zug, mal stehenbleibend, den oder jenen anredend. Uns fragte er Geschichtszahlen ab, las Geschriebenes auf dem Kopf und half uns bei Schularbeiten. Mir erschien er damals fast allwissend.

Er war bei nichts beteiligt oder bei allem. Er brachte uns häufig zur Schule. Seine Kleidung war so schäbig, dass wir Mädchen uns seiner schämten.

Und dann geschah es. Man sprach vom Krieg, von Sondermeldungen. Er leugnete alles. Das erste Mal schien er dabei zu sein. Das erste Mal wurde ihm nicht geglaubt. Er steigerte sich geradezu hinein. Auf dem Weg ging er vor uns. Mir schien er noch rastloser als sonst, bis er auf der Straße zusammenbrach, am ganzen Körper zuckend. Der Arzt stellte einen epileptischen Anfall fest.

Dann verschwand er für uns im Gewühle der Zeit.
9. März 1950

Im Schatten

Ich traf ihn fast jeden Tag. Heute war es kurz vor Mitternacht. Die Straßen waren ausgestorben. Er belebte sie nicht. Der Mantel reichte bis zur Erde. Er war offen, die Knöpfe fehlten wohl. Er schleppte immer etwas mit sich fort. Meistens einen Kasten mit Losen oder Zeitungen, die er verkaufen wollte, - sollte. In den Kneipen ging er von Tisch zu Tisch. Er redete nie, bot nur an. Schweigend stellte er sich neben den Stuhl, schweigend zwang er jeden, etwas zu kaufen. Traf man ihn in Gesellschaft, zu zweien, zu dreien, lachte man über so ein Unikum, doch heute war es kurz vor Mitternacht, und ich war allein.

Er ging, schlich lautlos im Schatten, dicht an der Hausmauer entlang. Die weißen Zeitungen hoben sich von der grauen Gestalt grell ab.

Dann überquerte er die Straße, der Bürgersteig war zu Ende. Einen Augenblick war sein Weg hell. Licht, Mondlicht fiel auf ihn. Sechs, sieben Schritte, dann tauchte er wieder im Dunkeln unter.

Frühjahr 1950

Viele Jahre später erfuhren wir, dass er in seinem früheren Leben, so in den Jahren Ende der Dreißiger, Anfang der Vierziger Staatsanwalt gewesen war. Von ihm wird der Ausspruch überliefert: „Lieber in Lumpen leben, als für Lumpen arbeiten."

Studenten

Sie nannten sich Studenten, Ingenieurstudenten. Ihre Aktentaschen hingen gewöhnlich an einem Riemen über der Schulter. Die meisten hatten schwarze Baskenmützen auf und leere Gesichter. Sie gingen immer in Gruppen, aber nie waren Mädchen bei ihnen. Sie hatten den entgegengesetzten Weg von mir und mussten auch um acht Uhr da sein.

Ich traf sie jeden Morgen, es war schwer sie zu unterscheiden, einer glich dem anderen, nicht nur äußerlich. Kam ihnen ein Mädchen entgegen, sahen sie sich um, alle, die Mädchen auch, denn sie nannten sich Studenten.

Dezember 1949

Die Entscheidung

Ich las in einer Zeitung von einem Partisanen, den man gefangen hatte und nun auf die übliche Art und Weise zum Sprechen, zum Sagen der anderen Namen bringen wollte.

Der Partisan kam in den Konflikt: Sollte er die richtigen oder die falschen Namen angeben?

Falsche? Ja, Namen von harmlosen, von „für die Sache" unwichtigen Leuten.

Sie würden nicht wiederkommen, wie er auch nicht wiederkommen wird, und die „Richtigen" würden Zeit gewinnen zu fliehen.

Was war besser, wer stand höher: der Mensch oder…

Da riss das Blatt ab.

Er musste sich entscheiden.

8.November 1949

Laute Musik

Wir standen oben und lehnten uns über die Brüstung. Die Kapelle spielte aufdringlich laut, oder der Saal war zu klein. Wir waren sehr spät hingekommen und noch nicht von „dem" gefangen. Die Musiker trugen weiße Frackhemden und schwarze Hosen.

Der Trompeter sprang auf einen Stuhl. Es übertrug sich auf alle das Ungehemmte, etwas Fremdes. Der Rhythmus beherrschte sie. Sie gaben sich ihm hin. Alles Persönliche verschwand. Nur das Geschlecht stand sich gegenüber. Nackt und unverstellt.

Mich störte nicht mehr die zu laute Musik oder der zu kleine Saal. Ich sah nur hin und beneidete sie.

8.Dezember 1949

152

INHALT